愿每一种孤独
都有懂得陪伴

读者杂志社 编

時代文藝出版社

图书在版编目（CIP）数据

愿每一种孤独都有懂得陪伴 / 读者杂志社编．—长春：时代文艺出版社，2018.1

ISBN 978-7-5387-5563-3

Ⅰ.①愿… Ⅱ.①读… Ⅲ.①故事－作品集－世界 Ⅳ.①I14

中国版本图书馆CIP数据核字（2017）第240593号

出 品 人　陈　琛
产品总监　郭力家
出版监制　刘　峰
产品经理　裴向敏
责任编辑　田　野
助理编辑　吕　天
装帧设计　荆棘设计
排版制作　张　月

愿每一种孤独都有懂得陪伴

读者杂志社 编

出版发行 / 时代文艺出版社
地址 / 长春市泰来街1825号　时代文艺出版社　邮编 / 130011
总编办 / 0431-86012927　发行部 / 0431-86012957　北京开发部 / 010-63108163
官方微博 / weibo.com / tlapress　天猫旗舰店 / sdwycbsgf.tmall.com
印刷 / 北京市兴怀印刷厂
开本 / 710mm × 1000mm　1 / 16　字数 / 178千字　印张 / 16
版次 / 2018年1月第1版　印次 / 2018年1月第1次印刷　定价 / 38.00元

图书如有印装错误　请寄回印厂调换

“爱”本身不难，难的是许对方一个看得见的未来。爱情里最重要的事，是我知道自己会离去，却依旧要照顾好你，给你一个妥帖的未来。

婚姻就是把稳定送给你爱的人，把浪漫留在你心里。

爱需要我们共同的努力。“亲爱的，我需要你”，说出这句话并不丢人。

我是你拼命想保护的人，你想用尽全力给我一个安全的世界。但是，你也是我拼命想保护的人，我也想用尽全力给你一个安全的世界。

在你的目光里，我渐行渐远，头也不回。因为有你，我才无所畏惧。

女儿执意远行，为的也许就是天地大爱的召唤。但愿这种召唤，让女儿在面对人生各种离别时，没有忧伤，让爱长存。

兄弟姐妹之间的许多东西也许并不能构成我们的日常生活，它反而是隐匿的，疏于表达的。然而，它却格外地切肤，有一种打断骨头连着筋的牵扯。

人生的成功必须靠自己的努力，我所能做的就是尽量为他打开一扇窗，

这很重要，因为窗里窗外，是两个境界。

目　录

爱你就像爱生命

婚姻是什么 . . . 安顿 /002
可愿与我共结秦晋之好 . . . 阿希 /005
姻缘备忘录 . . . 梁晓声 /008
短的是故事，长的是人生 . . . 王小蔷 /011
这才是爱情里最重要的事 . . . 李筱懿 /014
有你的地方才叫家 . . . 耀一 /018
命定的事 . . . 阎连科 /022
你必须爱我 . . . 陈彤 /027
我忍你，一辈子 . . . 辉姑娘 /031
味道 . . . 抽风手戴老湿 /035
寒夜急诊 . . . 陈妙青 /040
我穷得还剩下一个老婆 . . . 宁浩 /045

小心轻放的光阴

二的 . . . 宋艺 /050

不能对外婆说的话...刘同 /053
白菜玫瑰...陈麒凌 /058
你坚强了太久，该换我了...吴晓冰 /065
如果你有一名穷亲戚...石晓枫 /070
我的哥哥史铁生...史岚 /075
来不及珍重的告别...周嘉宁 /082
我家的猫和老鼠...毕飞宇 /086
血脉里的眷恋...于丹 /089
我和祖父的园子...萧红 /093
那年的欢喜...郑彦英 /096

世界上最美丽的声音

一觉睡到小时候...巩高峰 /100
没有忧伤的爱...刘迪 王一 /104
从天而降的母亲...韩浩月 /109
爱是一朵无声花...葛闪 /114
不想让你成为我这样的人...杨熹文 /117
写给老去的柳小姐...老的小 /121
母亲的手艺与哲学...温瑶 /124
远方的女儿...杨熹文 /128
爱，从头开始...野皂 /132

妈妈的十二封“信”...夕里雪 /135
特殊的母爱...文扬 /140

以你为名的光芒

澡堂里的父子...郭阳芳 /144
生命里有你...郭斯特 /146
打工...安宁 /151
我要为你建一座花园...禾素 /157
不是每一个父亲都那么伟岸...潮汐 /162
医生的爸爸...爱玛胡 /167
再见，爸爸...和菜头 /170
落在父亲生命中的雪...熊荟蓉 /174
盖世英雄...路明 /178
我那有缺陷的完美父亲...〔美〕莎伦·戴维斯 /183

学着自己长大

雷锋是谁家的儿子...三秋树 /188
我的童年才是真正的童年...于谦 /193

童年随之而去 . . . 木心 /197
一封微信家书 . . . 静静爸 /204
自己长大 . . . 张晓晗 /207
拜见母亲大人 . . . 七堇年 /212
因为爸妈只有你 . . . 杨熹文 /215
你好，陌生人 . . . 刘继荣 /220
女儿的厨艺 . . .〔新加坡〕尤今 /225
只跟你分开一次 . . . 李月亮 /228
父与子，在路上 . . . 青衣佐刀 /234
老大的委屈 . . . 蔷薇留香 /239

爱你就像爱生命

是谁来自山川湖海，却囿于昼夜、厨房与爱。

婚姻是什么

安顿

飞机收起起落架的时候，机身猛地一震，我急速地右倾。“不要紧，就这么一下。”一只手温和却很有力地拉住了我的胳膊。

这声音来自我身边的一位白发老妇人。她穿着灰色羊绒衫、毛呢长裤，显得十分干练，她的白发卷曲，一双灰色的眼睛毫不因年迈而浑浊。这双眼睛让我认定她来自德国或者法国的某个地方。

“您的北京话很像我外婆讲的那一种，现在不大有人这么说话了。”我试探着说。老人的脸上涌起一种祥和：“这是我 20 岁时开始学的中文口音，1936 年，还没有开始抗日。”我飞快地算出老人的年龄——80 岁。但她的确不像 80 岁的女人。

飞机慢慢爬升，老人如自言自语般轻声讲述起自己的故事。她的家乡在德国法兰克福，父亲是一位建筑学教授。当时父亲有一名学生——一个英俊的湖北小伙子，他讲一口流利的德文，常常出现在她家的客厅里，在和父亲讨论问题的时候偶尔会偷偷看她，那时她17岁。两年后，25岁的湖北小伙子回国前留下一封信，除了用德文规规矩矩写下的致谢词之外，还有一张中德文对照的地址卡片：中国武汉……这个地址她只用过一次，用于给他发一封简短的电报：将来武汉结婚，请等待。

两人结婚后，一直在中国生活，1966年丈夫去世之后，她便定居北京。60年的时光已经让她完全中国化了，她穿过“列宁服”，拿过“红宝书”，有中国人人手一页的户籍卡片，用过粮票、布票、肉票……她讲一口地道的老北京话，她打趣说这叫作“嫁鸡随鸡”。在她的观念里，丈夫的家就是她的家，所以，她每年回一次武汉。

从她的讲述中，我飞快地算出一个数字——30年，一个德国女人为一个中国建筑师守寡30年。我无法想象，是否老之将至或者老之已至的人，面对逝去的浪漫、时代的变迁、亲人的离去和生命的终结，都会有一份类似的平和。正如我无法想象，她的丈夫将生命连同他们婚姻中那一份相守的承诺一起结束时，是怎样一种切肤之痛。老人的叙述中没有任何愁苦，她几乎完全沉浸在少年夫妻的甜蜜之中。

飞机开始降落。“我可以知道怎样在北京找到您吗？”我小心地问。“5天以后我返回北京，咱们要是有缘，就还可以碰上。”她笑着说。

在武汉市中心找到一家酒店住下来，我做的第一件事就是订下5天之后返京的机票，只为能与她重逢。因为这位老人，我开始无法抑制地想家，想念将在我返回北京时离开家去出差的丈夫。

事实上从我做记者的那一天起，就已经开始习惯和丈夫的分离。他像灯一样守在一个固定的、叫作“家”的地方，而我像鸟儿一样乱飞。

我拨通家里的电话，是丈夫的声音：“就知道是你。”于是我给他讲起那位老妇人，丈夫静静地听着，就像每一个晚上我捧着茶对他云山雾罩地讲，而他对着我默不作声。“我知道你是欣赏我的。”相隔千里，我忽然就有了表达的冲动，而这是平日里我不会做的。

丈夫在笑，但他的话依旧淡然：“我在洗衣服、床罩还有窗帘，你想想，一个老婆出差了的男人，除了这样消磨时间还能怎样？”这是丈夫一贯的表达方式，我似乎只有在异地的夜空下才能感觉到其中的深意。

5 天的时间很快过去，在离开武汉前的最后一个上午，我专门去给丈夫买了一件毛衣。这是我若干次出远门中唯一带礼物回家的一次。

我提前一个半小时到达机场，逡巡在换登机牌的地方，等待那位令我难以忘怀的老妇人。当灰色的身影出现在我的视线中，我们相视而笑。老人拉住我的手：“小姑娘，缘分也让你刻意营造出来了。”显然，武汉之行令她十分开心。

“下了飞机有男朋友接吗？”我摇头：“我丈夫今天下午的班机，出差。”老人笑了，双眼眯成一条缝儿：“聚少离多，我们当年也这样。你丈夫一定很不希望你出差。”我点头，说不出话，忽然就很想哭。“因为有分离，才显得在一起的时候很宝贵。”老人拍拍我的手，“我们在一起 30 年，之后我有 30 年的时间用来回忆。你离开家 5 天，有 4 个夜晚用于相思，很充实，对不对？”

我的眼泪落下来，打在她的手背上。我们仍然在机场告别。她钻进计程车之前很认真地问我：“小姑娘，你知道婚姻是什么吗？”我一时语塞。

老人粲然一笑：“婚姻就是把稳定送给你爱的人，把浪漫留在你心里。”

回到家，看到丈夫留的字条：“我会用魂斗罗第 6 代的速度快去快回。”桌布、床罩和窗帘都是新换过的，屋子里飘着淡淡的姜花味道。我抱着那件柔软的新毛衣坐在地板上，把它贴在脸上，想着老人说的话——婚姻就是把稳定送给爱的人，把浪漫留在心里。

可愿与我共结秦晋之好

阿希

外婆 20 岁那年嫁给了外公。

那时外婆在乡里的初中教数学。乡里的办学条件比较简陋，语文组和数学组被安置在同一个办公室里。新学期开学的头一天，校长领着一位浓眉大眼的小伙进来，给众人引见："这位是新来的李老师，以后初中二班的语文课就由他来教。"布置妥当后，校长便把李老师交由外婆带着熟悉环境。这个李老师，就是我外公。

外婆领命，带着外公四处走走。外公身形颀长瘦削，比外婆高出一个头来，但是走在外婆身边他却有些神色慌张。外婆心想，他一个人，背井离乡，举目无亲，便出言抚慰："李老师别慌张，我们乡里的人都是好相处的。"

外公突然抬起头来，双手交握，望着外婆说："肖老师，可愿与我共结秦晋之好？”

面对这个突然的求婚表白，外婆愣了，然后便大笑起来，求婚之事不了了之。

外公并不气馁，每天寻一些工作上的话题，拿去同外婆讨论；偶尔还以挂念外婆家里那些藏书为名，登门拜访；时不时又以外地人身份自居，让外婆给他指点迷津。如此锲而不舍，外公终于抱得美人归。

自我记事以来，便觉得外公是个非常唠叨的人。大约是教语文的缘故，和小辈们说话他总喜欢引经据典，但是常常训话训到一半，外婆便将外公拉走，说：“说这些大道理做什么，真烦人。”外公也不恼，任由外婆拉着走。素日里，外婆负责买菜，外公负责做菜，屡屡到了准备晚饭的时分，就会听到外公在厨房里唠叨：“你说你，买的这菜心一点儿都不新鲜，一把年岁了还不懂怎样挑菜。”

这样唠叨的一个人，8 年前被确诊患上了阿尔茨海默症，之后便愈发唠叨了。他常常拉着外婆说话，一说就是一整天，大家都晓得外公是担忧以后会把想说的话都忘了。外婆也担忧，却和外公一样，在对方面前装作无事。

家人带外公去看了医生，开了药，饶是这样，外公的病情仍是一天比一天严重，记性一天不如一天。

两年前我回家探望，外公望着我，眼里一片茫然。外婆安慰我：“他往常连你妈都记不清了，你不要往心里去。”到了今年，外公连外婆都忘了。

五一期间，我回了家。到家的那天，外婆病倒入院。病因是劳累过度，外婆照顾外公，凡事亲力亲为，没人拦得住。

3 天后，外婆便出院了。外婆进屋时，父亲刚替外公擦拭完身子，推着轮椅准备带他出去晒太阳。外公见 3 个“生疏人”进来，先是一愣，然后定定地看着外婆。我晓得外公已经谁也不认得了，便怕他问外婆是谁，这样的局面，外婆经受不住。

我正要发话缓和局面，外公却启齿了：“这位小姐，请原谅我的唐突，请问，可愿与我共结秦晋之好？”

母亲最先忍不住，哭出了声，我们也都红了眼圈，唯独外婆笑着。她缓缓走到外公身前，蹲下身子与他平视，欢欣又郑重，不停地点头。

姻缘备忘录

梁晓声

我自幼家贫，28岁时家里仍很穷，还有一个生病的哥哥长年住在医院里。我觉得我可以38岁时再结婚，却不能不在28岁时以自己的方式报答父母的养育之恩。对老父亲、老母亲我总有一种深深的负疚感——总认为28岁了才开始报答他们（也不过就是每月寄给他们20元钱）已实在是太晚了，方式也太简单了……

我在期待中由28岁到32岁，但奇迹并没有发生，“缘”也并没到来。我依然行为检束，单身汉生活中没半点儿浪漫色彩。

4年中我难却师长们和阿姨们的好意，见过两三个姑娘，她们的家境都不错，有的甚至很好。但我那时忽然生出调回哈尔滨市，能在老父母身旁尽孝的念头，结果当然是没“进行”恋，也没“进行”爱……

调动的念头终于打消，我为自己“相中”了一个姑娘，缺乏“自由恋爱”的实践经验，开始和结束前后不到半个小时。人家考验我，而我不能理解为什么对我还需要考验（又不是入党）。误会在半小时内打了一个结，后来我知道是误会，却已由痛苦而渐渐索然。

于是我现在的妻子在某一天走入了我的生活，她单纯得有点儿发傻，26 岁了却决然不谙世故。说她是大姑娘未免“抬举”她，充其量只能说她是一个大女孩儿，也许与她在农村长到十四五岁不无关系……她是我们文学部当年的一位党支部副书记“推荐”给我的。那时我正在写一部儿童电影剧本，我说悠悠万事，唯此为大，待我写完了剧本再考虑。

一个月后，我把这件事都淡忘了。可是“党”没有忘记，依然关心着我呢。

某天“党”郑重地对我说：“晓声啊，你剧本写完了，也决定发表了，那件事儿，该提到日程上来了吧？”

我突然觉得我以前真傻，“恋爱”不一定非要结婚嘛！既然我的单身汉生活里需要一些柔情和温馨，何必非要拒绝“恋爱”的机会呢！

于是我的单身汉宿舍里，隔三岔五地便有一个剪短发的大眼睛女孩儿“轰轰烈烈”而至，“轰轰烈烈”而辞。我的意思是，当年她生气勃勃，走起路来快得我跟不上。我的单身宿舍在筒子楼里，家家户户都在走廊里做饭。她来来往往于晚上——下班回家绕个弯儿路过。一听那上楼的很响的脚步声，我在宿舍里就知道是她来了。没多久，左邻右舍也熟悉了她的脚步声，往往就向我通报：“哎，你的那位来啦！”

我想，“你的那位”不就是人们所谓之“对象”的另一种说法吗？我还不打算承认这个事实呢！于是我向人们解释，那是我“表妹”，亲戚。人们觉得不像是“表妹”，不信。我又说是我一位兵团战友的妹妹，只不过到我这儿来玩的。人们说凡是“搞对象”的，最初都强调对方不过是来自己这儿玩玩的……

而她自己却俨然以我的“对象”自居了。邻居跟她聊天，说以后木材要涨价了，家具该贵了。她听了真往心里去，当着邻居的面对我说：“那咱们凑钱先买一个大衣柜吧！”

搞得我这位“表哥”没法儿再装。于是，似乎从第一面之后，她已是我的“对象”了。非但已是我的“对象”了，简直就是我的未婚妻了。有次她又来，我去食堂打饭的工夫，回到宿舍发现，我压在桌子玻璃下的几位女知青战友、大学女同学的照片，竟一张都不见了。我问她那些照片呢？她说替我“处理”了，说下次她会替我带几张她自己的照片来，而纸篓里多了些“处理”的碎片……她吃着我买回的饺子，坦然又天真。显然，她没有丝毫恶意，仿佛只不过认为，一个未来家庭的女主人，已到了该在玻璃下预告她的理所当然的地位的时候了。我想，我得跟她好好地谈一谈了。于是我向她讲我小时候是一个怎样的穷孩子，如今仍是一个怎样的穷光蛋，以及身体多么不好，有胃病、肝病、早期心脏病，等等。并且，我的家庭包袱实在是重啊！而以为这样的一个男人也是将就着可以做丈夫的，那意味着在犯一种多么糟糕、多么严重的错误啊！一个女孩子在这种事上是绝对将就不得、凑合不得、马虎不得的。但是嘛，如果做一个一般意义上的好朋友，我还是很有情义的。

我曾以这种颇虚伪也颇狡猾的方式，成功地吓退过几个我认为与我没“缘”的姑娘。

然而事与愿违，她被深深地感动了，哭了。仿佛一个善良的姑娘被一个穷牧羊人的故事感动了——就像童话里常常描写的那样……

10个月后，我们结婚了。我陪我的新娘拎着大包小包乘公共汽车光临我们的家，那年在下32岁，没请她下过一次馆子。

她在我11平方米的单身宿舍里生下了我们的儿子。3年后，我们的居住条件有所改善，转移到了同一幢筒子楼的一间13平方米的居室里……

短的是故事，长的是人生

王小蔷

2013 年 4 月 1 日早上，爸爸从老家打来电话，声音颤抖，说妈妈突发脑出血，正在抢救。深夜，我们从东莞赶回老家，爸爸正守候在妈妈身边。医生给我们看妈妈的脑部 CT，脑出血面积太大，我们都被吓住了，只有爸爸那么坚定，说了三句话："全力救她。用最好的药，请最好的专家。瘫痪不要紧，只要她活着。"

那一刻，我的眼泪哗哗直淌，不仅仅是因为躺在 ICU（重症加强护理病房）里的妈妈生死未卜，还因为那天之前，我从未觉得自己的父母之间是有爱的。

从有记忆开始，爸爸永远都是白衬衣、中山装，整齐干净，头发纹丝不乱，说话轻言细语。老了，依然衣着讲究，我从未见他像别的老人那样穿着老头衫和短裤出过门。一辈子做宣传工作的他，戴着眼镜，有着骨子里的骄傲。

而做保管工的妈妈，有着让我们姐妹俩羞惭的大嗓门和夸张表情。退休后，妈妈忽然恋上了花衣裙，隔三岔五地去扯上几尺繁花朵朵的绵绸，混搭得让人不知说什么好。

爸爸把一套《红楼梦》看了一遍又一遍，我猜他的心里一定一遍遍幻想过他自己的“林妹妹”，但，肯定不是这个和他跌跌撞撞过了 40 多年、到 60 多岁才把自己弄得跟个花姑娘似的女人。在我看来，他们两个人，语言没有交集，生命各有各的状态，总像是相互容忍着才能把日子过下去。

手术后，妈妈只能说出只言片语，却能认出爸爸来，能缓缓站立，能用一只手吃饭。我们请了人在家里帮着护理，但只要爸爸在，他都会帮她挤牙膏刷牙，为她梳头。这时，我才知道，这几年来，爸爸每晚都为妈妈做头部按摩。

这有点儿颠覆我的认知。年轻时，爸爸晚上睡觉不能离人，妈妈上夜班的夜晚他很难挨，所以妈妈特意从厂里的核心部门换到了边缘的保管部门。那时，妈妈是强壮的，爸爸是羸弱的，总是妈妈照顾爸爸。最终，生活让他们服膺，老去将他们招安。妈妈的老年疾患频发，从子宫肌瘤到高血压再到装心脏起搏器，而爸爸一直并不强有力的身体，在岁月的步步为营里变得平稳和充满耐力。

妈妈开始变得依赖爸爸，常常在夜里把他叫醒，让他坐在一旁陪着。我们劝她有事就叫我们或叫阿姨，让爸爸休息好才能好好照顾她，她却像孩子般委屈：“不行，我就要叫他来。”白天，他要是出去一下，她看不到他，就会很着急，吵着让我们叫他回来；他回来了，她就说要翻身，脚不舒服要捏捏，要喝水，要坐一下……或许，她只是要他陪在身边。

半年后，妈妈的主治医生上门来看她，感叹说：“你们照顾得太好了，真没想到她能恢复得这么好。”那一天，我家就像过节一样，满是欢声笑语。

爸爸紧紧握着妈妈的手。前几年，妈妈突然当着我们的面，抱怨爸爸从不牵她的手，过马路也不牵。当时，我很不以为然，觉得挺矫情的，一辈子没牵手都过来了，现在才在意，太晚了吧？可是，某个傍晚，他们从鹰岭公园散步回来，妈妈悄悄跟我说，过斑马线时爸爸牵了她的手，声音里满是娇羞。

那天，我去鹰岭公园散步，看到合唱队的老人们在练歌，想起爸爸曾在那儿唱歌排练的情景。那时，妈妈每天闲逛于各大商场，爸爸则每日打扮整齐，西装革履地参加各类表演。相遇在一起的时候，他们就互相指责对方："你妈又买了一堆没用的东西回来！""你爸吃饭太慢了，总嫌菜不下饭，他自己来做好了。"现在，我才明白，那根本不是要我解决问题，而是他们在互相发嗲。

我给爸爸发了条短信，提起他的合唱队。很快，他回复："那些都是无事时的消遣，我现在完全不需要了。守着你妈妈，就够了。"

原来，短的是故事，长的是人生。故事填充的只是些微小的空隙，人生大段的空白需要包容和陪伴。他们的、我们的，都一样。

这才是爱情里最重要的事

李筱懿

一凡是我最难忘的朋友，只是，在她 28 岁的时候，上天就把她从我们身边带走了。

如果你认识她，或许会和我一样喜欢她。

她是个既安静又开朗的姑娘，言语恰到好处，有她在，既不会觉得聒噪，也不会感到冷场。她周到地照顾着每个人的情绪，也能委婉地表达自己的观点。她散发着温和的光彩，从不灼痛别人的世界。

就是这么一个姑娘，28 岁之前，她都是幸运的。

从重点小学、初中、高中毕业，顺利考上重点大学；大学里和高高帅帅的学长恋爱，毕业后嫁给他；工作地点距离父母的住所只有 20 分钟步行路程，中午可以悠闲地回到从小生活的地方吃饭、午休；生了个好看的女儿，被外公外婆视若珍宝抢着带，自己也没有变成臃肿的新手妈妈；工作体面平顺，按部就班地晋升，由于处事大方得体，同事关系也融洽，是个被领导器重的中层干部。

生活如果看起来美好得像假的，那十有八九就是假的，或者，命运会在最出其不意的时候来个反转，刷刷存在感。

我还记得那是某个夏天的傍晚，一凡头一回没有事先打电话就直接到我的办公室，我忙着手里的活，她坐在我身边的椅子上呆呆地咬着指甲，等我忙完，她惨淡地笑着，眼神愣愣地说："筱懿，我得癌症了。"

恶性卵巢肿瘤。

这是一种早期很难被发现的女性重症，除了遗传性卵巢癌之外，没有多少可行的预防措施，只能早诊早治，争取早期发现病变。

可是，一凡发现的时候，已经不早了。

我怀疑上天预先知道她的人生结局，才安排了好得不真实的这 28 年，然后海啸般吞噬一切，只留下光秃秃的沙滩，像是对她幸运人生的最大嘲讽。

那天，我和我认识了 20 年的姑娘——我的发小一凡，在我们走过了无数次的林荫路上来来回回地踱步，我拉着她冰冷的手，努力不在她面前流泪。

突然，她停下来，轻声对我说："别告诉任何人，我已经这样了，我父母、老公、女儿还得继续生活，让我想想，怎么安顿好他们。"

她抱抱我，转身回家。第一次，她没有嘻嘻哈哈地挥手向我告别，而是头也不回地走远。我看着她的背影完全消失，才蹲在地上放声大哭。

每天，我都装作若无其事地给她打个电话，她的语气日渐轻松。半个月后，她在电话里说："我解决好了，咱们中午一起吃饭吧。"

在她最喜欢的菜馆，她小口地喝着冬瓜薏米煲龙骨汤，我不催，她愿意说什么，愿意什么时候说，随她。

"我先和老公说的。我给他看了病历，对他说，老公啊，我陪不了你一辈子啦，你以后可得找个人接替我好好疼你呦。

“女儿太小，你父母年纪大，又在外地，今后你独自带着小姑娘，大人小孩儿都受罪。我父母年纪适中，女儿又是他们一手带大的，你要是同意，今后还让他们带着，老人有个伴儿，你也不至于负担太重，能匀出精力工作、生活。

“咱们两套房子，我想趁我还能动，把现在住的这套过户给我父母：一来，给他们养老；二来，如果他们用不上就算提前给女儿的嫁妆。如果你不介意，把我那一半存款存到女儿户头上，算她的教育基金。另外那套新房子，你留着今后结婚用，你肯定能找个比我更好的姑娘，得住在和过去没有半点儿关系的新房子里才对得住人家。”

我问：“他怎么说？”

一凡放下汤勺：“他没听完就快疯了，说我胡扯，让我先去把病看好。可是我知道根本看不好。

“我想让老公没有负担地开始新生活，他那么年轻，不能也不值得沉没在我这段生活里；我想给女儿有爱和保障的未来，不想她爸爸凄凄惨惨地带着她，也不想让她面临父亲再婚和继母关系的考验，那样既难为孩子也难为她爸爸；我还想给父母老有所依的晚年，他们只有我一个女儿，俩人还不到 60 岁，带着外孙女好歹有个寄托，他们还算是有知识的老人，孩子的教育我不担心。

“我不想为难人性，更不想用最亲爱的人今后的命运去考验爱情的忠贞，或者亲情的浓稠。我只希望在我活着的时候，在我力所能及的条件下，把每个我爱的人安置妥当。生活是用来享受的，而不是拿来考验的。

“我和老公讲道理，他最后同意了，他明天送我去住院，然后，我们一起把这事告诉我父母，这是我们小家庭商量后的决定。”

一凡半年后去世了。

就像她生前安排的那样，女儿在外公外婆家附近上幼儿园，维持着原先的生活环境，老公每天晚上回岳父岳母家看女儿，也常常在那儿住。他们的关系不像女婿和岳父母，倒像儿子和父母亲。

两年以后，她的老公恋爱了，对方是个善良知礼的姑娘，另外那套房子成为他们的新居，婚礼上，除了男方女方的父母，一凡的父母和女儿也受邀出席。

因为无须在一起近距离生活，所以大家几乎没有矛盾，女儿也喜欢漂亮的新妈妈，每年清明，大家一起给一凡送花。

在一个原本凄惨的故事里，每个人都有了最好的归宿。

每个人都因为一凡的爱而幸福安好，这才是真正的爱情，以及亲情——不只有激情，不仅是索取，不光为自己，还有对他人的善意与安置。

曾经，我以为爱情里最重要的事是“爱”本身，一凡让我明白，“爱”本身不难，难的是许对方一个看得见的未来。爱情里最重要的事，是我知道自己会离去，却依旧要照顾好你，给你一个妥帖的未来。

这才是一个女人柔韧的坚强、宽阔的善良，以及无私的爱。

有你的地方才叫家

耀一

姥姥和姥爷的婚姻是典型的包办婚姻，遵父母之命、媒妁之言。算上结婚那天，两人结婚前一共只见过 3 次面，说过的话没超过 10 句。

姥爷年轻那会儿没别的爱好，就是好酒，除了早饭，一天两顿酒。

姥爷是木匠，靠手艺吃饭，在小县城里也算有点儿名气。姥姥让他没事少喝酒，酒喝多了会手抖，出不了好活儿，耽误正事。

姥爷总说，没事。

姥爷有不少酒友，说白了都是酒肉朋友，大多没什么正当职业，闲着没事就找姥爷蹭酒。姥爷是个厚道人，来者不拒，总觉得别人找自己喝酒是看得起自己，把自己当朋友。

姥姥说，狗屁朋友，人家就是拿你当冤大头使唤。你喝酒我不管，但那些个王八羔子你少搭理，小心哪天让人把你卖了，你还帮着数钱呢。

姥爷说，你们娘们儿家心眼儿就是多。

其实姥姥说得没错，那些人见姥爷有点儿家底，就开始撺掇他玩牌九。姥爷几杯酒一下肚，人家让他干啥他就干啥。每次酒醒了就后悔，可一喝酒他就把之前的事都忘了，而且渐渐有点儿上瘾了。

姥姥劝了姥爷好几回都没用，有几次赶上姥爷喝高了，两人差点儿打起来。姥姥一看没辙，就回娘家找太姥爷商量。

太姥爷说，你别着急，我有个办法一准儿能把他给收拾服帖了。

姥姥问，要是法子不灵呢？

太姥爷说，那就证明他心里根本没你，干脆一拍两散，回来爹妈养着你，这事起根上怨我们。

姥姥听到这话，眼泪就下来了，一是心疼爹妈，二是气姥爷太混蛋。

有天晚上姥爷又被约出去喝酒推牌九，到天快亮才回家。他进屋倒头就睡，一直睡到太阳快下山才起来。

姥爷一睁眼就叫姥姥，因为每次他喝完酒醒来，姥姥都会给他端一碗姜枣汤醒酒。

姥爷叫了几声，没听见姥姥答应，就起床去外屋看。一眼看见桌上有张纸条，拿起纸条一看，姥爷一身冷汗。那是张欠条，上面写着姥爷推牌九把姥姥输给别人当媳妇了。姥爷慌了，赶紧拿着欠条跑到债主家里找姥姥。

债主说，你媳妇没在我这儿，回娘家收拾东西去了。

姥爷说，我欠你多少钱来着？我砸锅卖铁还你。媳妇不能给你。

债主说，我不缺钱，我就缺媳妇。

姥爷一听火了，上前就和债主动手，可那是在人家家里，几个人围着姥爷一顿揍，揍完就给推门外去了。

姥爷没辙，只好硬着头皮来到太姥爷家里找姥姥。

太姥爷拉着脸说，你还好意思来？我把闺女托付给你，你照料得可真好！你走吧，咱们两家没关系了。

姥爷哭着求太姥爷让他和姥姥见一面，太姥爷死活不同意。姥爷跪在门外半天也没见姥姥出来，只好先回去了。

姥爷说，那夜是他这辈子最难熬的一夜，看什么都不对劲，说白了一句话，姥姥不在，家就不再是家，只是个窝，里面困着只丧家犬。

姥爷越想越后悔，一时气急，到厨房拿了把柴刀生生把小指给切了。切完了也顾不上疼，抱着手坐在地上号啕大哭，哭着哭着他就晕过去了。

等他醒来的时候发现躺在炕上，手已经被包扎好了，姥姥坐在床沿上，两只眼睛又红又肿。

原来姥爷走后没多久，太姥爷就送姥姥回去了。其实姥爷根本没把姥姥输给别人，那都是太姥爷设的局。太姥爷说，看得出姥爷心里还是有姥姥的，这事还有商量的余地。可谁也没想到，姥爷把手指给剁了。

姥姥说，这事想来挺后怕的，万一姥爷不是切手指而是抹脖子，那就真是造孽了。

每每想到这件事，姥姥就觉得挺对不起姥爷的。姥爷倒反过来安慰姥姥，说这事怪他自己不好。没事还总拿自己开涮，太姥爷家有点儿什么事，姥爷都抢着做，他说，爹，这事我来干吧。我干事您放心，十拿九稳。太姥爷和姥姥都明白，他是说自己的手只剩下九根手指头了。

从那次以后，姥爷不赌了，也几乎不喝酒了，只是逢年过节喝上点儿。

姥姥和姥爷的好日子刚开始没多久，鬼子来了。

镇上成立民兵组织抗日，姥爷死活不愿去。

姥姥问，你是怕死还是咋的？

姥爷说，嗯，怕死，怕以后见不着你了。

姥姥说，实话说，我也舍不得你去，可保家卫国是大事。

姥爷说，有你的地方才叫家，你就是我的国！守着你是天大的事。

姥姥没再接话，转身从柜子里拿出两人的画像，一下把画像给撕成两半——那时候照相不是平常事，很多老百姓结婚都是请人画张像当结婚照的。

姥爷一愣，问，你这是啥意思？

姥姥把画着自己的那半递给姥爷，说，这半张你揣着，你那半我留着。你要真回不来了，也是带着我走的。我在家里也守着你，这辈子再也不嫁了。

姥爷被姥姥震住了，问，那我要是回来了，这画都撕开了，咋办？

姥姥说，留着等我们百年以后当遗像呗。这样我俩的遗像挂在一起的时候，人家一看，哟，这不是合影吗？

姥爷竖起大拇指，只说了一个字：服！

那天晚上姥姥给姥爷做了顿好吃的，还陪姥爷好好喝了一回。姥爷哭了，姥姥也哭了。

第二天一早，姥爷就去镇上招兵处报到去了。到了傍晚，姥爷就回来了。姥姥问姥爷怎么回来了，姥爷说，镇上安排他守粮库，回来取被褥的。

姥爷告诉我，其实那时候并不像现在电视里演的那样，随便拉个人就去打鬼子。一个连枪都没见过的人，你让他开枪，指不定打中的是谁呢。一般参与打鬼子的，都是早就参加过训练的民兵，普通老百姓也就巡个更啊，看看粮库什么的。

姥姥说，每每回想起来都觉得特别幸福，因为她忘不了姥爷说的那句话：有你的地方才叫家，你就是我的国！守着你是天大的事。

命定的事

阎连科

总以为，我和妻子的婚姻是命定的事。

争吵是命定的事，妥协、相安也都是命定的事。

我和妻子在 1984 年结婚。结婚时我 26 岁。因为从小渴望逃离土地，以至于在城里成家立业，成为一代人甚至几代人的梦想，一如《红与黑》中于连的渴望和奋斗。对于“吃商品粮”和“市民户口”的理解，就如行乞者想象天堂的模样。这就是我人生的开端，是我写作之初想要达到的目的。在自己发表了一些作品，成了一名军官，以为有了找个城里对象的本钱时，却在短短的两年里，被五六个城里姑娘嗤之以鼻后断然拒绝，甚至连“婉拒”那样的安慰都没有得到。于是，一种自作的绝望，化为于连式沉默的苦痛，日日都在我的青春里蒸煮和煎熬。我没有对城市和城里人产生仇恨与愤懑，反而更加向往和努力地追求。也就在这个时候，1983 年的岁末，我的妻子以对象的名义，被朋友介绍到了我的眼前。她不仅是个城里人（开封人），而且比我以前相亲见过的所有姑娘，都更为漂亮和娴静，也更为犹豫、默认我们间往来的可能。我们都在犹豫和默认之中。在她，我不知她犹豫什么和默认我的什么；而在我，犹豫是因为她的父母明确地提出一个条件：他们家有三个儿子，只有这一个女儿，待我从部队转业之后，一定要留在开封，而不能把他们的女儿带回到洛阳或我山区的老家。

然而，我虽然自幼想要逃往城市，但真正渴望扎根的地方，却是十几岁就已选定的豫西洛阳——那个离我老家 60 公里的古都老城，而不是“背井离乡”的遥远的豫东开封。就这么犹豫着，默认着，彼此迟疑在人生的路上，如一股有来向、无去向的风，盘旋在人生鬼打墙的路口。

也就在这个时候，1984 年的一天，我哥哥突然给我所在的河南商丘的军营打了一个长途电话，说几天前父亲再次病重，把哥哥叫到他的床前，对哥哥说，他预感着多年不愈的哮喘，会让他难以熬过这年冬天的冷寒。说他一生辛劳努力，4 个子女中有 3 个都已成家，只有老小连科，还未结婚。他说，倘是能看着连科结婚，就是冬天果真离去，心里也会踏实许多。

哥哥在电话的那头，我在电话的这头，相距几百公里。他说完后，我们彼此在电话中沉默不语，而我能听到哥哥在那头伤悲而无奈的喘息。大约，哥哥在豫西嵩县邮电局的某间电话房里，也是可以听到他的弟弟在遥远豫东的营房中沉默的无奈。于是，待沉默久了，到沉默将要炸开的时候，哥哥缓解着说了一句：“看看吧，去和人家商量一下，有可能了就结婚——为了父亲，而且你的年龄，也那么大了。”

然后，哥哥放下了电话。我在这头，河南商丘部队的一间办公室里，听到哥哥放下电话的声音，如同看到一个农人无力地把他用了一天的锄头，放在了收工回家后无人的田野。当我放下电话从那间机关办公室里走出来时，感到有一种宿命的压力。一种来自命运的力量，正朝我围过来，我觉得自己如果不迎上去，定会铸成终生的大错。去食堂集合吃饭的哨音正连续地在我的头顶吹响，而我，没有去吃饭。

我没有去宿舍取什么和准备什么，只是抬头看了看浩瀚的天空，看看被红砖围墙隔着的豫东平原，取出口袋里牛皮纸叠的一个钱包，点数了一下里边的钱，就朝火车站的方向去了——我要结婚。

我要去开封古都，对我那在默认和犹豫间的对象说：“请你和我结婚。我年内必须结婚！”这是命运的安排，是我父亲的生命给我命定的事情。甚至我想说：“现在结婚，我们就是人世间的一对夫妻；如果你不应不结，我们就将各奔东西，我们的过往就只是路人在途中的一次相遇。”

那时，我没有想到啥叫自私，没有想到我的决断是否对她造成一种威胁，我只是怀着命运的使命，果决地朝那个老旧的商丘火车站急急地奔去。从军营里出来，赶上了公共汽车；从公共汽车上下来，赶上了 1 点多的火车。

从商丘到开封，那时火车的行驶时间是将近 4 个小时。是绿皮火车，车座是被人坐得油光结实的木条凳。我买的是站票，就在那火车上站了几个小时。记不得火车驶过河南东部旷野沙地时我想了什么，也记不得经过著名的兰考县馒头般的沙丘地带时，我对饥饿、贫穷、逃离与奋斗的感受。虽然那时我已读过许多的名著，对《红与黑》中于连印象的深刻，如同在农村老家割麦时，镰刀留在我身心上的疤痕，但还是觉得，于连的命运，远远地好于自己。而自己，也永远不会成为那个曾经成功过的于连。因为，那个遥不可及的巴黎，简直是我永生无法抵达的圣地；那里的繁华与贵族的生活，也是我们无法想象和触摸的高高挂在天空中的金丝绒窗帘。而我，以及和我一样通过各种途径，从农村奔往城市的一代一代的人，只是想要逃离土地，想要有个城市户口和一间城里的房屋，在内心的深处，并不渴望那种巴黎式的生活。所以，并没有想到自己的血液中，原来是有着于连的脉动，有着于连对人生与命运的谙解……我就那么到了开封，到了在落日中在熙攘间的大相国寺边安静的胡同口，依时依点地等着对象下班，等着她骑车回来时我去摊牌和请求。

那条胡同我至今记忆犹新。它如同我命运中总在跳动的一根神经，狭窄、曲长，地上是不知何年何月铺就、现在已碎裂的砖块。胡同两侧老平房的院墙屋壁，全都砖粉剥落，涂着的白灰，显出岁月的灰黑。斜立在墙边的几根水泥电线杆上，东来西去的电线，把胡同的上空切割为一块一块的蓝色，很像春天飘浮在头顶上的田野。我就在那儿等她，如期地等到了她的到来。她骑着一辆半旧的自行车，从车水马龙的鼓楼大街，拐进了这条宁静沉闷的胡同。

看见我时，她在车上怔了一下，刹车下来。她问了两句很平常的话：

"你又出差？"

"收到我给你写的信没？"

我没有回答她的问话。我按早已想好的计划，就在那胡同的口上，离她两步远近，说了我父亲的病情，然后说了我想结婚，说了为了父亲我必须结婚的想法和安排。

那时她就站在我的对面，我们中间隔着她那辆可行可止的自行车，我看不出她脸上有什么惊讶、不安、愉快或者不愉快。她在开封的电瓶车厂上班，是那厂里的车工。她身上制服式样的工装，是那种灰蓝的颜色，可以与黄昏和蓝天融在一起而不分彼此。就那么站了一会儿，就那么闷着想了一会儿，她对我自然而得体地说道："我得回去跟我爸妈商量商量。"

她推着自行车离开我时，脚步很慢，一直那么推着，再也没有骑上。我在后边盯着她高挑的背影，待她走出十几步时，又追着大声唤道："我就在这儿等你回话啊！”我不知道那大声的呼唤，是不是一种逼婚，但我知道，我的唤声给她传递了非此即彼、不合便分的清晰的信息。她听到了我的话，扭头看了看我，没有点头，也没有说啥，就又那么慢慢走了，像走在一段钢丝绳上，那样缓慢，那样谨慎，她在平衡思量着她的一生。

那天的中饭和晚饭，我是合在一起在那个叫吹鼓台街的胡同口吃的，是一碗我爱吃的烩面。从买票、排队，到端上一海碗烩面坐在靠近路边的窗口，大约用了 30 分钟。而就在这 30 分钟之后，她从她家走了出来，在那小馆门前找到了我，默站一会儿，才涨红着脸说，她爸妈同意我们结婚，并说如果我父亲真的不在了，就把我母亲接到城里来一块儿住，也好对老人有个照顾。说完，她并不等我说句啥，看看左右，就又慢慢地转身走了——好像我在这胡同口“逼婚”的等待，会惹出什么事端一样；又好像，她是偷着出来告诉我这个可以结婚的消息，那些话只是为了安慰我而说的假话一样。总之，在那小馆的路边，她慢慢地说了，又急急地走了。可在她走了之后，我再次望着那条胡同，再次望着她的背影时，真不知如何表达我对她的感激和对命运的感谢。

她走后，我的泪水哗哗地流了下来。

就在那年，1984 年的 10 月，我们结婚了。

就在那年的冬天，我父亲在我们结婚后不久，到底如他预感的一样，离开了我们。

你必须爱我

陈彤

我老公第一次到单位找我的时候，还只是一个老公候选人，嫁还是不嫁？他工作一般般，没有房子，没有存款，没有车，而且在短期内看不到明确的升职前景。可是在婚姻市场上，作为一名女性，我又有什么优势？我同样没有存款、没有车、没有房。

“妾乘油壁车，郎骑青骢马”的浪漫不属于我们。我们的结婚喜宴差得我都不愿意回顾，至今依然觉得对不起那些给我们出了“份子钱”的朋友。但很快，我就走了狗屎运——升职、加薪、出书，日子变得轻快起来，我们买了车，在郊区有了房，我开始喜欢大手大脚地花钱，他却不习惯——他那个时候想创业，所有想创业的人都对不必要的奢侈嗤之以鼻。

男人是厚积薄发的，他也开始走狗屎运，甚至有一天他对我说，他准备去香港。他在他们公司的网站上看到一则招募员工的广告，他比照了自己的条件，而且打了电话，说他这样的报名就能批——在香港工作，一年的收入比大陆两年的还要多，唯一的要求是不能带家属，而且一签最少是5年到8年，中间可以回来探亲。

然后是他忙他的，我忙我的，忙到有一天我一阵眩晕，开始以为只是怀孕，但不久就得知结果远远比怀孕要严重得多——我得了一种罕见的危及生命的肿瘤，这种肿瘤直到20世纪50年代，还是全世界范围内的绝症——所有得上的人无一幸免。

他等在拥挤不堪的医院走廊里，假装在看一张报纸，但是我看到他的眼泪早已经把报纸打湿。命运仿佛跟我开了一个无比残酷的玩笑——我刹那间失去了一切。没有男人会爱我这样的女人——不再年轻、失去健康、丧失工作能力。但是我想活下去，我对他说："我想活下去。"他看着我，说："你一定要活下去，要活到很老很老，否则你对不起我，对不起我什么都不干陪着你。"

我每天都忧心忡忡——我的老公32岁，他为了陪我，已经整整半年没有上班了。32岁，对一个男人来说意味着什么？机会稍纵即逝，我不想耽误他。我们开始争吵。有一天，我大喊大闹非要离婚，于是他开车带着我去办手续，但是到了门口，他忽然掉转车头。当时我假装凶狠地大喊："你为什么不停下来？咱们离婚啊！"

老公对我说："可以离，但是不能今天离。"

"为什么？"

"因为你今天并不是真的想离婚。"

"那你呢？你想离吗？你肯定想离，要不，你带我到这儿来干什么？"

"我是吓唬你的。"

"那么你会一辈子和我在一起，始终如一吗？"这是我的心魔。

“我说会，你就信吗？这个问题你不该问我，你该问你自己。”

我问了自己这个问题——直到我认为再不能用这个问题折磨自己了——世界上到底有没有永远不变的爱，正如人死后究竟有没有灵魂一样，这是一个信仰问题。当你相信的时候，它就存在，反之，它就不存在。如果你过分执着于得到一个最终的证明，你就会像与风车作战的堂吉诃德一样，不但徒劳，而且必将遍体鳞伤。

我最终意识到，我并不是想和他离婚，我是希望他留下来陪我，我之所以经常哭闹，是因为我害怕他嫌弃我。

现在，我们还是会争吵，但那只是夫妻间的争吵；我们还是会沮丧，但谁没有情绪低落的时候？不同的是，我重新燃起了生活的希望。我对他说：“经过慎重考虑，我决定邀请你与我共渡难关。”他朗声大笑：“你还有没有其他后备人选？”

我之所以讲这个故事，是想告诉你，生活中总有风风雨雨，你爱一个人，这个人也爱你，意味着什么？意味着你们原本是打算风雨同舟的。但是当风雨来临的时候，你还是会恐惧。大部分女人的恐惧就是选择“安静地走开”——我不够好，我不愿意拖累你，看到我现在这个样子，你肯定不喜欢，于是违心地说“我们分手吧”，以为自己率先提出，总是会更好一点儿。

在教堂结婚的时候，两个人起誓说无论贫穷还是富有、疾病还是健康，都将一如既往地相爱，直到死亡把我们分开。说这话的人是不是觉得这只是说说而已？一旦有一个人遇到问题了，另一个人如果留下来，那么就是对自己人性的忽视。如果是这样，何必要结婚呢？干脆当初就写好协议：我只爱你富有，如果你贫穷了，别怪我离开，我还有选择美好生活的权利；我只爱你健康，如果你生病了，对不起，那是你倒霉，千万别拖着我。

其实，我知道和现在的我相比，他当然更爱年轻时代的我，那个时候我才华横溢，更关键的是，我健康、充满活力。但是，什么叫爱？如果爱就是截取一个人生命中最灿烂的时光，之后远走天涯再去寻找新的灿烂，那叫爱吗？

在我们的婚姻经历 7 年之痒的时候，命运给我安排了一场突如其来的灾难，我常常想，如果没有这场灾难，也许我和他早已劳燕分飞，因为我们已经没有在一起的理由了——他去香港可以拿到双倍的薪水，而我也可以像时尚杂志中的单身贵妇一样再寻寻觅觅，找一个配得上我身份和收入的男人。但是命运不是这样安排的，它让我懂得生活远不是一场投资游戏，你甚至永远无法知道什么样的男人是配得上你的，因为你不知道命运对你的安排——它可以使你瞬间失去一切，使你没有任何谈判的资本，使你配不上任何人，只要那个人四肢健全、五官端正。

如果我能活下去，我一定要对每一个人说，如果一个人爱你，他（她）必须爱你的生命，否则，那不叫爱，那叫“醒时同交欢，醉后各分散”。那种爱，虽然时尚，虽然轻快，但是毫无价值，因为你只要如日中天、一帆风顺，那种爱比比皆是、唾手可得。

无论你的生活遇到什么问题，你要记住——你没有选择，你必须让他了解这一点，并且说服他参与你的生活，你要告诉他，他的参与对你有多么重要。

在该坚强的时候要坚强，但是在最亲爱的人面前，你要真实。你不妨直说，野蛮一点儿：“你必须爱我，你没有选择，如果你离开我，我将恨你。你说过无论我们的生活如何艰难，你都会和我在一起，现在就是这个时候，你该兑现你的诺言了。我需要你，你必须留下来！”

爱需要我们共同的努力。“亲爱的，我需要你”，说出这句话并不丢人。

我忍你，一辈子

辉姑娘

一

冬天，一家火锅店门口，一位男子正在寒风里走来走去。虽然被冻得瑟瑟发抖，可他还是不停地快步走着，不时还抖抖身上的大衣，把怀里好不容易积起来的热乎气都抖干净了。

店员很好奇，问他为什么要在这么冷的天兜圈子。

男人搓了搓冻得有些发红的脸，不好意思地说，其实是因为他的老婆不能吃麻辣火锅，一吃就过敏，连闻到都会浑身起疹子；可他又是个嗜辣如命的人，只好偶尔跟几个哥们儿出来偷偷解馋。之所以在门口走个不停，是想把身上的味道散尽，怕老婆闻出来。

店员不解：“作为一个爱吃辣的人，找一个对辣这么排斥的人过一辈子，不是很痛苦吗？”

“喜欢啊，有什么办法！别说她对辣过敏，就算对盐过敏、对水过敏、对空气过敏……那都不是事儿，只要不对我过敏就行。”男人露出一个几乎冻僵了的笑容：“喜欢了，什么都能忍。”

二

坐船从香港去澳门，看到一个女孩儿在船舱里呕吐，抱着袋子折腾了一路，看上去难受得撕心裂肺。我过去帮她换袋子，她虚弱地说了声“谢谢”。

看她面色苍白的样子，我不忍心离开，于是拍着她的背，努力找些话题陪她聊天，想分散她的注意力。

女孩儿说自己是香港人，去澳门是为了看男朋友。我问她男朋友怎么不来看她，她叹气说他父母都有很严重的疾病，需要卧床休养，所以男友不能长时间离开。我又问女孩儿怎么不干脆去澳门跟他一起生活，女孩儿说自己家里目前也有事情，暂时还不能彻底放下。

我皱眉问她：“你多久去澳门一次？”她答：“每周都会去看他，风雨无阻，去的时候吐一次，回来还要吐一次。”

我惊讶地问：“你们恋爱多久了？”女孩儿想了想：“算起来，我们从 18 岁开始恋爱，今年我 28 岁，这已经是我们恋爱的第 10 个年头了。”

我几乎不能相信自己的耳朵。10 年，她折腾了自己千余次！

女孩儿看着我震惊的表情笑了起来，说：“不过还好，我们的家事都已经处理得差不多了，下个月就可以结婚。这样的日子也终于熬到头了。”

我还是无法相信，问她：“是什么力量让你坚持了这么久？”

女孩儿还是笑着，说：“每次我吐得想死的时候，就想，只要再忍一会儿就能见到他了。忍啊忍的，船就到了。忍啊忍的，一眨眼就过了10年。”

三

一对老夫妻，妻子有严重的洁癖，丈夫却正好相反，很不讲个人卫生，又不喜欢做家务。夫妻两人经常为这件事吵架，妻子骂丈夫脏、臭、身上的味道恶心，什么难听的词都用上了，丈夫却依然故我。

所有人都没想到，生活上这么不合拍的一对夫妻，虽然吵吵嚷嚷，却始终没有离婚。几十年过去了，在他们过完银婚纪念日的第二天，老太太忽然被送进了医院，经过诊断，她患上了帕金森综合征。

儿女们都劝老父亲把母亲留在疗养院里，他们很清楚父亲被母亲照顾了一辈子，连起码的清洁打扫都不会，又怎么伺候病人？谁知父亲十分坚定，将老太太接出医院带回了家。

多年过去，再到他们家做客的人都深深地感到惊讶。那间小小的两居室被打扫得窗明几净，老太太丝毫未见消瘦，面色红润健康。虽然坐在轮椅上目光呆滞，流着口水，老头儿却耐心地一再帮她擦干净。老两口身上的衣服十分整洁，散发着老太太最喜欢的柠檬香皂味道。房间里甚至还养了几盆花草，青翠欲滴，洋溢着勃勃生机。

我们以为老头儿是找了保姆或者保洁员，后来跟他聊天才知道，他谁也没找，完全是自己一点点学着照顾病人，清理房间、烧饭做菜、洗衣叠衣。这些年，他把老伴儿照顾得无微不至，把自己也打理得清清爽爽，彻底改变了生活习惯。

亲友们都佩服他，老头儿却一本正经地纠正道：“我老婆才值得佩服，我想到自己以前那么邋遢，她居然可以忍我那么多年，就觉得她是真的爱我。

所以我还她多少，都是应该的。”

他掰着手指头给大家算：“她忍了我半辈子，我再忍她半辈子，我们俩凑到一起就是一辈子，这才是圆满。”

四

这世上从来没有轻松的忍耐，所有的恒久忍耐都意味着漫长、枯燥和克制。最初，爱是甜蜜的麻药，可以让人大幅度提高对痛苦的耐受力。然而随着时间流逝，药力退去时，痛苦将会被更加敏锐地感知到。那时却发现，忍耐已成为一种习惯，在苦涩中已悄然品出人生的种种滋味来，如茶般回甘。

更重要的是，因为心疼对方忍耐时的痛苦，我们愿意为彼此尽力修正自身的缺陷，从而变得更温暖默契，这才是诗一般的结局。谈不上完美，却是极致浪漫的深层含义。

味　道

抽风手戴老湿

发小郑直要请我去他奶奶家吃饭。郑直的奶奶做菜是真的有绝活，想到这点，我就来了精神，一口气爬到四楼。我俩兴冲冲地敲开门，老太太已经笑呵呵地等着了。我进了屋先是问声好，然后把水果放下。老太太笑着说“欢迎欢迎”，然后指着桌上的杯子说了声“自己喝吧”，就自顾自去厨房做饭了。

我一瞅，是酸梅汤。老太太的酸梅汤可谓是冠绝全城，拿梅子熬了，还加了山楂、桂花、甘草，里面能喝出甜味来的是蜜，更让人拍手叫绝的在于丢在酸梅汤里的冰块。夏天时，许多人就把酸梅汤冻在冰箱里，老太太对这种做法嗤之以鼻，直言这是糟蹋东西，她说那叫“只有冰水没有梅味”。老太太的办法是：先在冰箱里冻上冰块，等熬好了酸梅汤，再把冰块拿出来，不立刻放进去，而是等着冰块慢慢融化，有了窟窿眼儿或者中空之后，再倒进酸梅汤里。

我俩正喝得过瘾，老太太走进来说：“今晚咱们做焖酥鱼。”

我一听，赶紧点头。这可是老太太平时不轻易露手的功夫，我和郑直小时候都观摩过老太太的做法。老太太又进了厨房忙活，我趁着这空当和郑直瞎扯：“你家老太太这手焖酥鱼还真是打遍天下无敌手啊！”

郑直点点头说：“还真是，我就没发现有人不爱吃。”

说完这话，他突然愣了一下，然后说：“其实还真有不爱吃的。”

“谁？”我问道。

“我爷爷。”郑直回答。

郑直咂巴一下嘴说，其实他都不明白老头儿和老太太是怎么好上的。

老头儿喜欢西洋乐，喜欢肖邦，喜欢巴赫，喜欢研究数理化，喜欢动手做木匠活、其他手工活。

老太太喜欢京剧，喜欢弹古筝，喜欢拉二胡，喜欢研究中国古典美术，喜欢打太极拳。

老太太特别看不惯老头儿那股拿腔拿调的外国劲儿。那时候老头儿在外面工作，有时候要负责和苏联专家交流，于是常穿西装衬衣、打领带，可老头儿回家了只愿意脱西装，衬衣照穿、领带也照打不误。老太太就数落他，老头儿还不愿意，说自己几十年都这样。老太太就讽刺他：“哎哟喂，您这还真是，打个领带就冒充苏联老大哥，穿上西装还不嘚瑟成列宁同志了？”

老头儿脸都红了，但是憋半天也说不出反驳的话。老头儿实在不善言辞。就这样老太太还得理不饶人呢。那时候流行《智取威虎山》，老太太就套用里面的台词挤对老头儿：“哟，脸怎么红了？精神焕发！怎么又黄了？防冷涂的蜡！”

“有一回我奶奶和我讲，那时候家里没什么钱，蜂窝煤都少，所以就劈柴烧着做饭。我奶奶就让老头儿拿着木柴出去劈，结果老头儿把自己的工具箱带去了。斧子、锤子、锉子、螺丝刀、扳手、直尺、圆规……然后对着木头挨个比画，以木头中间那条线为基准，用铅笔画上虚线，之后拿锯子锯开小口，再用斧子劈。

“我奶奶在屋里纳闷，劈柴而已，怎么这么半天还没进来啊！结果她出去一看，又乐又气，老头儿半天就劈了两块。我奶奶上去就喊：‘大哥哎！这是让你劈柴，不是让你拿柴做木工活，您这劈法得到什么时候啊！饭还吃不吃啦？’然后我奶奶三下两下就搞定了，留我爷爷一人站在外面默默收拾他的工具。”

我听完，笑着对郑直说：“你家这老头儿老太太太有意思了，简直就是完全不对付啊！”

郑直点点头，对我说：“我还真不知道他俩怎么就过了这么久的日子。每次吃饭，我爷爷奶奶都要吵架，雷打不动，而且吵的内容都一样，几十年都没变过。

“我爷爷吃饭口味清淡，我奶奶吃盐厉害。每次吃饭，老头儿就问：‘怎么这么咸？’老太太就讽刺他：‘您老人家又不做，有的吃就行了，还不知足。’结果俩人就拍桌子吵，老头儿说：‘还过不过啦？’老太太说：‘过你也得过，你就是觉得咸也得吃。’每次吃饭简直就是硝烟弥漫啊！

“我记得我上大一时，他们一起吃饭，老头儿和老太太一吵架，就气得不吃了，他钻进小屋里，锁着门，也不知道干啥。后来老太太猜，估计是老头儿在屋里藏着零食呢。”

我拍拍郑直的肩膀说：“你们家老头儿老太太过得真挺好的，就是老头儿走得早了。”

郑直叹了一口气说："医疗事故，老头儿本来是不舒服去看病，结果点滴输错了，根本来不及抢救。"

他把声音压得很低，对我说："那一天我也在，我看着老太太疯了一样压着我爷爷的胸，要做人工心肺复苏，周围的护士拦都拦不住。其实我爷爷已经走了。后来医生说，老头儿的胸骨都被我奶奶按断了。

"之后我奶奶吃饭的时候，都是自己给自己做一份，一直到现在都是。她给自己做的，我偷偷尝过一次，再也不是像以前那样的味道，很淡的盐味，几乎尝不出来。"

正说着，老太太喊我俩出来洗手吃饭。

我俩走出房间，准备开饭。在此之前，我很期待老太太的焖酥鱼，但是不知道为什么，现在拿着烙饼，卷着酥鱼，却吃不出任何味道。不是我的味蕾失灵，而是我实在不知道我在想些什么。我只是看着老太太一个人从厨房里端了一碗粥，还有一小碟青菜，自己进了卧室里。

勉强吃完，我和郑直帮着洗碗。这时候，我们看到老太太拄着拐棍一步一挪地到了阳台，那儿摆着一张藤椅，老太太端端正正地坐了下来。藤椅旁边有个小桌子，上面摆着复读机，老太太按了一下，里面传来音乐。老太太还在慢慢吃，一口粥一口青菜。

"那复读机原来是我的，是我送给老头儿的。我奶奶和我爷爷那时候闹别扭，老头儿想听交响乐还有苏联歌曲，老太太偏要看京剧频道，结果老头儿斗不过，就把电视让了，每天拿我的复读机去阳台那儿听。

"我爷爷去世以后，老太太再也不听京剧了，她不画国画，不弄她的二胡和古筝，只是偶尔打打太极。她开始听交响乐，开始听肖邦和巴赫的曲子。她会在吃饭的时候喊'怎么这么咸，还过不过了'，这都是我家老头儿原来的台词。她坐的位置是原来老头儿的最爱。

“其实我奶奶猜错老头儿了。他原来每次生气躲到房间里，不是因为藏了零嘴，而是在给我奶奶做拐杖。他喜欢鼓捣这个，他知道老太太摔跤以后腿就不舒服了。

“东西都做好了，还没给她，自己就不行了。

“我奶奶前些天和我说过，老郑同志就是个老笨蛋，可是缺了他还真的不行啊！”

不觉时间已晚，我和郑直站起身，然后向在阳台上的老太太道别。

老太太没有说话，只是挥挥手，慢慢吃着菜。顺着阳台敞开的窗户，外面千家万户的饭菜香气飘来，和夏日久未落下的阳光一起，笼罩在老太太的脸上。

我慢慢走下楼，然后抬头看。

此刻，老太太吃着那盘没有什么咸味的青菜，这样的味道曾经是老头儿的最爱，如今是她的最爱。她活着，他就活着。我想起万能青年旅店的一句歌词：是谁来自山川湖海，却囿于昼夜、厨房与爱。

寒 夜 急 诊

陈妙青

一

睡意渐渐袭来。她拉了拉被子，掖好被角。刚要睡着，忽听他说了一句："家里有止疼药吗？"她一惊，以为自己听错了。过了一会儿，他用胳膊肘碰碰她，又问了一句："有没有止疼药？"她没好气地说："没有。"

他性子急、脾气倔，而她爱唠叨，又小心眼儿。两人经常会为一些鸡毛蒜皮的小事发生口角。两天前，他们刚刚吵了一架。起因很平常。那天，她一直在厨房手忙脚乱地又是切菜又是翻炒，而他却悠闲地斜躺在沙发上摆弄手机。忙着忙着，她的无名火就蹿了上来，不由得对着沙发上的他唠叨开了："你每天进了家门就知道玩手机，从来不做家务。有你这样的吗？凭什么家务就该我一个人干！"如果此时他能发扬风格，明白女人的唠叨都是有口无心，少说两句，让她发泄一下消消气，也就算了。可他偏偏毫不让她，不耐烦地回敬："我不就闲这一会儿吗？你做个饭还以为自己有多大功啊？"两人就这样你一句我一句地吵开了，谁也不肯少说一句。吵急了他突然拿起手机狠狠地往地上摔去。"啪"，那部刚买不久的手机瞬间支离破碎。她一下子愣住，然后一句话没说，转身进了厨房，"砰"一声关上了门。随后，他也摔门而出。

屋子里很静。路灯昏黄的光从窗帘的缝隙里漏进来，斜斜地落在床上。她从被子里坐了起来，看了看，黑暗中他没动。她打开灯，看到他在被子里蜷成一团，整张脸痛苦地扭曲着。

两天来，他们一直在冷战。想起他平日的种种"劣行"，想起他摔手机的"野蛮行径"，又想着自己辛辛苦苦操持着这个家却不被他理解，她觉得心灰意冷，恨他入骨，甚至觉得这一辈子都不会原谅他。

二

她"啪"地关了灯，重新躺了下去。风凉凉地灌进了被子，她缩了缩身子，拉紧被角。他呻吟了一声，缓慢地翻动着身子。片刻，她又坐了起来，把灯打开，冷冷地抛过去一句："你哪儿疼？""好像是胃。"她犹豫了一下，拿起衣服往他身上一扔，说："起来，去医院。"

到医院时，已是凌晨1时。下了车，他强撑着想要站起来，却怎么也无法直起身子。她用力搀着他来到急诊室，迎面出来一位医生，她急急地说："医生……"对方打断她的话，匆匆地说："这会儿不接病号，正在抢救病人，你们去急诊科找值班医生。"

此时，他已像霜打的茄子，耷拉着脑袋，双手捂着腹部，蹲在急诊室门外的走廊里。她连拖带搀，把他弄到急诊科，简单说明了情况。值班医生稍作询问，说："先去做心电图和彩超检查一下吧。"随后又边开单子边说："去西边楼大厅交费，再去后面二楼做彩超，四楼做心电图。"

她搀着他又一步一步地挪下楼，找到交费大厅，把他安顿在椅子上休息。她跑到交费窗口，"咚咚咚"敲着玻璃窗。

好不容易交了费，做了心电图和彩超，医生看过检查结果说："像是急性阑尾炎，抓紧时间去对面五楼找外科医生。"

看着他双手死命地顶着腹部，紧咬着牙，脸色苍白的样子，她转过脸悄声问医生："医生，能不能先给他用点儿止疼药？麻烦您了。""不行啊，你赶紧带他去外科楼吧，到那里看医生怎么说。"

她额头上渗出细密的汗珠，一把扯开羽绒服的扣子，再次扶起他艰难地往楼下挪去。

深夜的医院显得寂静、清冷而又空旷。她抬头看看天空，没有月亮。路灯的光惨白地照在冰冷的地面上，寒风一阵阵刮过来。她紧搀着他，在路灯下却像是只有一个人的影子。

他突然停住脚步，蹲了下去。

她说："干什么？别停，得赶紧去。"

他的头垂在胸前，声如蚊蚋："起风了，扣上你的衣服扣子。"

"少废话，快走。"

三

找到外科医生，她把检查结果呈给医生，心急如焚地等待"发落"。

她觉得犹如经历了一个世纪般漫长的时间，医生终于开了金口。

“你是他……”

“爱人！”她迅速地答。

“那好，在这儿签你的名字。”医生指着一张单子的空白处说。她看都没看单子上的内容，拿起笔签下了自己的名字。

他趴在办公桌的一角，双脚不停地在地上蹭来蹭去，嘴里不住地发出呻吟声。她再次谦卑地请求医生：“医生，您看，他疼得受不了了，先给他用点儿止疼药吧？”“这儿没有止疼药，你赶快去一楼交押金，我给他办住院手续。”她转身就跑。

经过楼上楼下的几番折腾，加上心里着急，本来瘦弱的她已感体力不支，可她此时只想快点儿把手续办好。

她抹了一把额头上的汗，对歪在休息椅上不住呻吟的他说：“你在这等着，我马上来。”说完，她匆匆往楼梯口跑去。

“等一下，我跟你一块儿去。”

她一回头，见他已佝偻着身子，蹒跚地跟了上来。

“你去干吗？耽误时间。”

“你一个人不行，不认路。”

“你别管，我丢不了。”

“不行，我也去。”

她知道是拗不过他了，回头搀上他说：“累赘，快走。”他们像一对蜗牛，在深夜的医院里缓慢移动。走了几步，她把他一丢，迈开步子朝前奔去。

四

西北角的那栋楼黑黢黢的，借着微弱的光线，她找到了交费处。那个穿着毛衣披着棉袄的小伙子睡眼惺忪地接过单子看了一眼，无奈地叹了一口气，说：“唉，你来这儿交什么费啊？在办住院手续的地方交押金。”

突然间她感到无助极了。回头一看，他已经跟了上来。“你一个人不行，打电话叫个人过来帮你吧。”他说。她拿出手机，翻出弟弟的号码，可一看手机上显示的时间，她没有拨，又把手机放回衣兜。

他脸色蜡黄，想呕。她掏出纸巾递给他说：“你就在这儿等我，我再去问问医生。”可她并不知道要往哪里去。她是路盲，在陌生的环境里从来不会辨方向，更不认路。平时家中出外都是他独当一面，她一直在他的羽翼下生活。很多时候，他都把她当孩子一样呵护着。

“什么事，什么事？”不知从哪间屋子传出一个声音。

“找外科。”

“去最东边。”

她拔腿往最东边跑去。“开门啊，麻烦了，开下门吧。”屋里没动静。忽然从走廊的另一头又传来一个带了几许无奈的声音：“连东西南北都不分了吗？”她一愣，意识到自己跑错了方向，她迅速往真正的东边跑去。一时间，她像个做错事的孩子一样惭愧极了。

此时，她才发现在这寒冬腊月的深夜，自己的毛衣几乎被汗水浸湿。从外科出来奔到楼下时，她看见黑洞洞的楼梯口他蜷成一团的身影。

两个小时以后，她终于把他安顿到病床上，医生、护士开始忙碌。她跌坐在那儿，长出了一口气。猛一低头，发现自己居然穿着一双高跟鞋，鞋一侧的拉链已完全敞开，是出门时随便趿拉上的，难怪这么不得劲儿。

他紧蹙的眉头渐渐舒展，慢慢地睡着了。黎明时分，他醒来，一眼看见病床边的她，问：“你没睡？”她下巴一抬，眉毛一挑，嗔道：“我爱睡不睡，关你什么事！”

我穷得还剩下一个老婆

宁浩

我和妻子爱娜完全是被绑到一起去的，绑着我们的那根绳子叫“贫穷”。

剩下最后一个馒头，你让我，我让你；为了熬过没有暖气的寒夜，一人一口地轮流抿一小瓶二锅头取暖；为了让我吃一口热的，她把刚烤好的红薯焐在胸口跑回来；我半夜去敲药店的门，给她买感冒药。穷日子让我俩相依为命，这种务实的爱让我们都觉得心里很有底。

我开始挣钱的时候，爱娜就不像以前那样勤扒苦做，也不跟着我到处瞎跑了。我们换租了一套两居室带装修的房子，她每天在家洗衣、收拾、烧饭，俨然一个贤内助。我是那种觉得钱够用就好的人，也不觉得她不出去赚钱有什么不好。只要吃的时候有肉，睡的时候有床，就没有什么好担心的。

我拍的第一部电影是《香火》，我把攒下的 15 万元钱全投了进去。一边往外扔这些年积攒下来的血汗钱，一边心里很郁闷，我暗暗骂自己："活该，谁让你喜欢这个。"

最后，《香火》获得东京银座电影节最佳故事片奖和第 25 届香港国际电影节 DV 数码单元金奖，可除了这两个奖项外我没得到别的东西。积蓄没能拿回来，我相当于用自己的钱换了两个不能吃不能喝的奖项。

我不死心，寻思着，既然我得奖了，也就应该算是名导了吧，再拍电影，资金应该好弄了吧。起码，我得通过拍电影把那 15 万元给赚回来。于是，我又拍了《绿草地》。

结果，拍《绿草地》时，资金再次出现问题。我已经没钱了，是爱娜从她父母那儿凑了 10 万元，再加上制片人的 10 万元，才凑合着开机。

拍摄第三天，剧组送演员的面包车翻到深沟里，很多人骨折。

小城镇上的骨科病房里住满了我们剧组的人，很多人哭了。

爱娜坐在病房里，跟着牧民唱蒙古歌谣，声音悠长绵软，穿透人心，好像什么都没有发生。听着她的歌声，大家都慢慢地安静下来。

爱娜和我后来总结，拍这部电影的最大心得就是：我们有了一个共同的认识——世上无难事。就像你到了一个四壁封死的空房间，以为无路可走，但是，你能够想办法开出一扇窗。就是这样，我们不断地想办法，不断地解决问题。

制片主任走了，就请一个司机当制片主任；副导演离开了，就请当地的教师当副导演。每一个人都发挥了最大的能量。爱娜也没闲着，除了给大家鼓劲儿，当心理辅导师外，她还挑起了编剧的担子。

《绿草地》后来获得了很多奖项，但我投进去的钱最终还是没拿回来，又亏了一笔。

后来，我用包单的方式接拍了《疯狂的石头》。制作费是固定的 300 万元，全剧组所有的费用都在里面，有剩下的就是赚的，超支了得自己想办法填上。影片上映后，不管多么卖座，导演一分钱也拿不到。

拿到钱后，我先挪出 15 万元放在一边，这是我要赚的钱，我必须用剩下的 285 万元把这部戏拍完，多一分钱都不行。我对着镜子发誓：“这次要是再贴钱，我就是孙子。”结果，拍着拍着钱就不够了，我把我的 15 万元导演费搭进去，还是不够。我又在拍戏的同时去接拍 MV 来补贴拍电影短缺的资金。杀青以后，我觉得挺绝望：我这算是干的什么事儿？人家干活是赚钱，凭什么我卖一次力就亏一次钱？我忍不住问爱娜：“我能不能靠电影活下去？”她只说了一句话：“胡思乱想。”

爱娜的坚强让我有些羞愧，也正是她的淡然让我坚持了下来。我们搬出了那套装修不错的租住房，又租了一套砖混结构的老房子。老房子的下水管有问题，我们住二楼，一楼的住户家家都外接了排水管，二楼接不了，于是，每次下水道堵塞就从二楼开始。经常是我们回家的时候，远远就看见楼道像个水帘洞，打着伞上楼开门，就看见满屋子漂着鞋子和生活用品。遇上这种情况，爱娜远远地就会让我别回家，去找朋友打发时间。等我在外边吃饱喝足回去时，家里已经被她收拾得干干净净，而且喷了足量的消毒液，气味很清新。

现在，我依然靠拍 MV 赚钱，也照样接拍电影。我们现在的生活已经有所改善，但仍称不上富足。不过，爱娜一点儿都不着急，她不急，我心里就好受多了。电影让我功成名就，电影让我穷得叮当响，但起码我的后院安稳，爱娜从未因此跟我红脸白牙地闹上一出。虽然我还是很穷，但是，我穷得还剩下一个老婆，这个老婆用金钱是无法衡量的，这就够了。

小心轻放的光阴

我们用我们特有的方式交流着，许多话不用说，但都能懂。

二　　的

宋艺

一户人家有3个孩子，大哥、二姐和小妹。小妹生下来，二姐就成了“二的”。

家里的事基本靠奶奶管，但奶奶年岁大了，脑子、力气都不够用。爸爸、妈妈都上班，还经常加班，顾不上家。大哥学习好，一直是学校的小干部，放学总是晚，回来就做功课。小妹还小，根本指不上，还得人哄她玩儿。二的自然就成了家里的主要劳动力。

妈妈说：“二的，给妈把衣服收起来，天阴了。”

爸爸说：“二的，给爸扶着梯子，爸爸看看房顶怎么还漏。”

奶奶说：“二的，添把柴，别让火灭了。”

邻家娘娘也说：“二的，来白菜了，快排队去。”

后来连家附近的人也叫她“二的”。

副食店的看她提着油瓶子进门，便招呼她：“二的，打油来啦？”

煤场的远远看见她走过，会提醒：“二的，天凉了，你们家今年的煤还没买哪！”

二的从来都是脆生生地答应着“哎，好嘞”，然后麻麻溜溜地办了。临了，跟帮她的人还得周到地说声“谢谢您”。

奶奶没工作，对孩子们是一碗水端平的。“六一”节的礼物肯定是一人一份，过年的新衣服也是一人一身崭新的，谁过生日，前一天奶奶都给包饺子催生，正日子打卤擀面条。

大哥后来考上了北京的大学，奶奶那时候也老了，抱着大哥直哭：“我的大孙子啊，一年见不了一面了。”最后塞大哥手里一沓票子，那是奶奶辛辛苦苦攒下的养老钱，那时候面值最大的是 10 块钱的票儿。

二的学习一般，但不至于倒数，高中勉强能考上。二的自己就说准备上中专，考不上中专就上技校。最后二的说，有的技校 2 年级就能实习领工资呢。爸爸妈妈说，咱家不指着你挣钱。最后，二的考上了中专，毕了业，在国营大厂的工会上班。第一个月领工资，二的连硬币都交到了奶奶手里。二的负责家里的采买，爸爸妈妈工资都不高，大哥又在北京上学，奶奶治病也得花钱，二的知道家里不富裕。

小妹学习比不上大哥，但也不错。小妹刚上大学第一年，大哥在北京读博士，二的工作有两年了，奶奶就瘫床上了。那时候不兴请保姆，二的就成了照顾奶奶的主力。二的早晨起来先收拾完自己，再帮奶奶上厕所，给她洗脸、漱口、穿衣服，把早点和水摆到奶奶跟前，再去上班；中午回来接着帮奶奶上厕所，做午饭；晚上继续做饭，收拾。外地亲戚听说奶奶病了，来看奶奶。“您瞧您老太太，儿子、媳妇、孙子、孙女都是大学生，多有出息啊。”说话这工夫，二的正把沏好的茶递到亲戚手里，亲戚看到她，忙加上一句："二的也这么能干懂事。"二的笑笑，到厨房忙活饭去了。

后来大哥留在了北京某部委，娶妻生子。二的也结了婚，有了儿子。小妹大学毕业后，随着男朋友出国了，在国外一连生了三个孩子，那边请保姆挺贵的，爸爸妈妈间断着就去了十几年，帮着照看孩子。但爸爸妈妈一直不太适应国外的生活，觉得语言不通、寂寞，加上孩子们也都大了，就回来了。

二的这时候也赶上单位改革，下岗了。二的就回家了，每天去看看爸爸妈妈。家里的生活不错，大哥和小妹都给家里寄钱，二的就给老两口做点儿顺口的，收拾收拾家，跑跑腿儿，还经常带他们去医院看病，已经快80岁的爸爸妈妈身体总有这样那样的毛病。

过春节的时候，大哥一家子回来了，小妹和大家视频聊天，和家里每个人都说几句。

小妹说，姐你最不容易了，爸爸妈妈全指你了。

二的说，跟我客气啥，不是我爸妈啊？

二的说了两句，就到厅里，忙活摆桌子上菜。

最后换爸爸和小妹聊天。

一会儿，二的过来叫爸爸吃饭。

就听爸爸对小妹说："你记住，一定要疼中间那一个……"

二的一下子停了脚步，静静地待了一会儿，擦擦脸上的泪，喊："爸，吃饭了。"

不能对外婆说的话

刘同

连着几个周末都在外地工作，转眼就到了 27 号，想着之前对外婆承诺的“我一定每个月都回来看你一次”即将失效，心里满是愧疚。

给外婆拨电话，照例很快接起来，仍是大嗓门在话筒里问：“哪位？”

我十分抱歉地对外婆说：“外婆，最近周末都比较忙，这个月不能去看你了。”

外婆说：“没关系，那你打算什么时候回来呢？”

“下个月一定回去看你。”

“今天几号啊？”

“27 号了。”

“那你是 1 号还是 2 号回来啊？”外婆问得特别自然。

我突然那么一愣，说实话，对于外婆即时的反应，我常常分不清楚是她幽默感太强，还是她心里确实是那么想的。

外婆 83 岁那年来北京看我，我约了一大堆朋友吃饭，席间充斥着我和好朋友开的各种荤素不一的玩笑，常常是话音刚落，外婆就哈哈大笑起来。

头几次，大家以为外婆只是为了给我们这些晚辈捧场，后来听着听着感觉不妙，然后我试探性地问外婆："外婆，你每一次笑是为了捧场还是真的听懂了啊？"外婆特别自然地回答："本来就很好笑嘛。"

外婆刚到北京时我开车带着她四处兜风。她不愿意坐在后座上，一定要坐在副驾驶座上，说是离我近。

外婆坐在车里看着北京的一座座高楼，说："当年人那么少，房子那么少，我活得那样；现在人这么多，房子这么多，我还是活得一样。你说多这么多东西有什么用！"

外婆什么都问，什么都觉得好奇，好像我印象里的外婆一直是这样，她从来没有发过脾气，对我总是笑嘻嘻的。

那时，中国的钨矿业发达。外婆带着全家生活在大吉山钨矿，她是钨矿的一名选工。后来，外公当选了钨矿的党委书记，外婆就被调到了电话接线员的岗位上。

我父母是医务人员，常常夜里加班。我那时只有 4 岁，夜间醒来找不到他俩，就会哭着跑到医院，在走廊里大哭，谁都拦不住。父母没办法，便又把我扔回了外婆那儿。

知道我怕孤单，所以外婆上班就会带着我，绝不会扔下我一个人。外婆任我在电话接线间里胡来——比如我常常把各种线拔出来，插到不同的孔里，她仍是乐呵呵地看我把她的成果搞得一塌糊涂，然后再十分有耐心地把它们一一恢复原位。后来我就不让她看，而是让她转过身数 20 下，我乱弄一气，然后再看外婆把线插回正确的位置。现在想起来，这简直就是连连看游戏最早版本的最高境界嘛。

因为这样每天都和外婆在一起，所以谁都不能取代外婆在我心里的地位，当然我也绝对不允许别人取代我在外婆心里的地位。后来表弟出生了，我很爱表弟，所以当外婆带他的时候，我也会一直在旁边跟着。外婆每次哄好表弟之后，就会回过头来和我对视一下，我便迅速扭头——我不想让她知道我那么在意她对我的关心，我也不想让她知道我在妒忌表弟所受到的关心。

有一次全家吃饭，我、表弟和邻居的孩子在院子里玩，外婆跑出来叫了一声表弟的名字，让他赶紧洗手吃饭。因为没有叫我，我故意不进屋。后来小舅出来喊我，我蛮不情愿地跟着进了屋，一整晚都处于极度的难受之中，我觉得外婆已经不在意我了。长辈们都问我怎么了，我只摇头，什么都不说。外婆走过来也问我怎么了，我把头扭过去，仍然什么都不说，两行眼泪流了出来，鼻涕也流出来了。

外婆看我什么都不说，默默地叹了一口气，准备转身去收拾餐桌。我突然从后面跑上去一把抱住她，把头埋在她的腰间，大哭了起来，然后反反复复说一句话："为什么表弟叫你奶奶，而我要叫你外婆？为什么我要叫你外婆？"全家人都愣住了，不明白我的意思。

"我不要叫外婆，我也要叫奶奶。因为外婆有个'外'字，我不要这个'外'字，我不是外面的！"我哭得上气不接下气，说出这么一长串，却轰地一下把所有人的笑穴给点了。我一看他们笑得那么厉害，哭的声音就更大了。外婆蹲下来，抱着我，又好笑又心疼我，眼里也全是眼泪，她说："好好好，我不是外婆，以后你不要叫我外婆了，你叫婆婆、奶奶都行。"

这件事情是后来外婆告诉我的，我都不敢追问细节，因为任何追问都是对自己的讽刺啊。外婆回忆起来的时候眼里带着向往的闪烁，她说："小时候你一直跟着外婆，后来你去读大学了，又去北京工作了，现在我们一年都见不到两面，幸好那个时候我们一直在一起啊。”

我听得懂外婆的意思：我长大了，回到她身边的机会就更少了。我向她保证，我一定会争取更多的时间来陪她的。

3个月前的一天，妈妈给我打了一个电话，话还没说两句，就在电话里哭了起来。她说：“你外婆脑血栓发作住院了。我给外婆家打电话打了几次都没人接，我觉得不对劲，就去外婆家找她，打开门才发现外婆脑血栓发作倒在客厅里，动也动不了……”说着泣不成声。

我心急如焚，连夜赶回了湖南。路上，往事一幕又一幕浮现，眼泪在眼眶里打着转，滴滴答答滑落在焦急的归途中。

还好，上次她来北京，去了长城，游了故宫，看了水立方。

想起那时，我问外婆：“外婆，回去时我给你们买机票好吗？”

她问贵不贵，我说：“不贵，打折后特别便宜，我担心的是你有高血压能不能坐啊，你恐高吗？”

她说：“我没有坐过飞机，你让我坐我就坐。”她那样子像个孩子。

从长沙回郴州的路上，妈妈给我打电话，语气里有掩饰不住的兴奋：“你外婆简直神了，不仅神志清醒，而且说话也恢复了。你等一下，外婆要跟你说几句。”

然后外婆的声音就在电话里出现了，依旧是大嗓门，只是语速变慢了很多，像随身听没电的感觉。她在那头“汇报”她的病情，让我不要担心，我在这边握着电话无声地落泪。

“不要担心”四个字是我从外婆口中听到的最多的话。小时候带我，她对我的父母说不要担心我；等我读完大学开始北漂之后，她总对我说不要担心她。

有时候，不要担心确实是一种安慰；有时候，不要担心只是不想添麻烦。我知道外婆不想给我添麻烦。

她喜欢每天打开电视，到处找我负责制作的节目。

她从不主动给我打电话，但每次我一打电话，铃声还没响完一下，她就接起电话。

每次我给她打完电话，我妈就会打电话过来表扬我，说外婆特别开心，又不知道如何是好，只能给我妈打电话分享喜悦。

外婆的身体恢复神速，我便承诺之后每个月都一定要回湖南看她一次。因为这样的近距离接触，我才更了解外婆了。

一次回去的时候，我问照顾她的阿姨她在哪儿，阿姨说外婆在卫生间洗澡。我看卫生间是黑的，正在纳闷，阿姨说外婆洗澡的时候从来不开灯，怕浪费电。

我的火蹿上来了，立刻在外面把卫生间的灯打开，然后用命令式的口吻对里面说："外婆，如果以后你洗澡再不开灯，我就不来看你了。"

里面沉默了大概一秒之后，立刻回答："好的好的，我开就是了。"

现在的我已经学会了如何威胁她。

如果不穿我买的新衣服，我就不去看她了。

如果夏天不开空调，我就不去看她了。

如果再吃剩菜剩饭，我就不去看她了。

其实，大概从她 80 岁开始，我又变成那个心里满是心思、只能自说自话的小男孩儿了。比如打电话时，我不敢说自己想她了，我怕她会更想我。比如她每一年过年给我的压岁钱我都留着，不敢拆。我怕拆了，她给我的最后一份压岁钱就没了。

白 菜 玫 瑰

陈麒凌

莹下班的时候，太阳总是快要落尽了。

快要落尽了，只剩一点点有弧度的金边，那金，也是朦胧的，在冬天会清晰些，像人用笔勾过。

“阿嬷，我买菜回来啰！”莹一边轻快地唤，一边推开门。

“乖孙回来啰，乖孙！”阿嬷含糊不清地应。莹打开门，见她在藤椅上前倾着身子，脸上透着喜。

“阿嬷，你猜我买了什么菜？”莹放下大包小包，系上了碎花围裙。

“白菜，嗯，猪肉、白菜。”阿嬷反反复复地答。

“好聪明，猜对了白菜，今晚吃鱼，还有豆腐，好不好？”她歪着头，用手摸摸阿嬷皱皱的脸。

“择白菜，择白菜。”阿嬷扬着一只手，心急地要帮忙。

“阿嬷好乖，帮忙择白菜。”莹把一扎小白菜放进菜篮，突然记起什么，回身从提包里擎出一枝红玫瑰。

她笑了一声，问：“阿嬷，靓不靓？”

“好靓啊。”

“还好香呢，不信闻闻。”

“你摘公园的花呀。”

“别人送我的，阿嬷。”莹微微润红了脸，找了一个空瓶子把花插上，左右看了几遍，又笑着摸摸阿嬷的脸。

阿嬷专心地择白菜，她用剪子去掉菜根，择去黄的有虫洞的叶，把白底青头的菜摆齐整，头是头尾是尾，动作虽然迟缓，但还算稳妥周到。现在她干得最好的就是这个，换了空心菜、花椰菜都会乱了手脚。去年有一次她便秘出血，医生要她多吃白菜，用滚水煮得软软熟熟，阿嬷从此就认准白菜，日日都要莹买白菜。

莹把餐桌摆在阿嬷面前，盛好饭，想想又把那枝花拿过来摆好。

“阿嬷，你知道送人玫瑰花是什么意思吗？”莹仍不拿筷，出了会儿神，两只黑眼亮晶晶。

她等不及阿嬷吞下那口饭，自己先笑着答了：“就是说人家中意你啰。”

阿嬷也随莹笑，莹不好意思，吐吐舌头：“好不知羞哦，是吧，阿嬷。”

送她玫瑰花的那个人，叫阿峰，读过大学，看起来很有涵养。他在楼上的计算机城上班，常常会来店里复印，有时他复印好大一沓资料，要等很久。莹心肠好，会给他倒一杯茶，让他坐，有时他也会帮莹，装订啊、换墨啊，还给她下载好听的音乐。莹喜欢跟他说话，他也是吧，资料印好了也不急着走，一点点小事都能聊好久，然后，他就带来一枝玫瑰花，轻轻地插进她的笔筒，她问哪里来的，他就有点儿害羞地说是捡的。

当然知道他瞎说，因为第二天他又带来一枝，再下一天还有，天天都有，哪里有那么多玫瑰白白让人去捡。

连阿嬷也识得逗趣，下次莹回家问："阿嬷，你猜我买什么菜？"她就会应，虽然有点儿含糊不清："白菜，嗯，猪肉、白菜，还有玫瑰花。"

莹总是回头一笑，摸摸阿嬷的脸说："好聪明哇，猜中。"

日子就是这样，她每天追着太阳回家，带回新鲜的白菜、鱼、猪肉，还有玫瑰花，她笑盈盈地如常煮菜、和阿嬷聊天，却难免分心，忽然会想起阿峰。

这晚阿嬷洗干净，舒舒服服躺在床上，莹举着电蚊拍在帐子里巡一遍，刚要放下帐子，阿嬷伸手拦了一下。

"阿嬷，你要去厕所吗？"

"没有，就是看看我乖孙。"

"怎么了，阿嬷？"

"我好老了，时刻想自己为什么还没死，拖累你。"阿嬷牵着莹的手，"又好怕人死了，再也看不到我乖孙。"

"阿嬷，又乱想，知道吗，你要活到 120 岁，直到你乖孙也做阿嬷！"莹捏捏她的手，"好好睡哦，明天早早起，我们去公园散步。"

带上门出来，莹松了一口气，差点儿以为阿嬷知道了什么，她不会知道了什么吧。看看手机，没有阿峰的短信，这才坐下发呆。

阿峰要去珠海了，想让她一起去，他说："跟我去珠海吧，供一层楼，能看到海的，咱们结婚。"

"可是阿嬷……"

"阿嬷是你一个人的吗？你有权利过自己的生活，不是吗？"

那些阿嬷睡得很熟的夜里，她就这样坐着发呆，待上好久好久。

她曾打电话给大伯，大伯是个急性子，一听是她，马上就嚷："阿嬷出了什么事？"

"阿嬷很好啊。"

"吓得我，你就辛苦些好好照顾阿嬷，也不枉她把你带大，需要钱就说，你伯母身体不是很好，我又忙，最近都没时间去看她，辛苦你啦。"

"哦。"

三姑脾气好，好说话，莹愿意去跟她聊。还没坐下，三姑已经收拾好许多包包，有吃的，有衣服，要她带回去给阿嬷。

"你成哥要结婚了，现在房子这么贵，只好先回家住，大家挤一挤算了。"三姑唠叨着，"你也该找男朋友了吧，对哦，你有没有男朋友啊？"

"我啊……"她不知该怎么说好。

颐和康乐院是她最后考虑的地方，她去看过两次，院子很大，有花有树有鸟，看护小姐很温柔，老人们坐在一起看电视，都是很开心的样子。

她不是真的要送阿嬷去那里，她不是不要她，莹这样打算着，半年，最多一年，阿嬷先住在那里，等她在珠海安定下来，就接阿嬷过去，她说过的，要阿嬷活到 120 岁，直到自己也做了阿嬷。

她对阿嬷说："阿嬷，我要出差了，要去好长时间。"阿嬷会懂吗？她叹口气，接着说下去："我送你去一个好玩的地方，等我回来再去接你，好不好？"

"好呀。"阿嬷应得很清楚。

有时阿嬷好像什么都明白，收拾行李的时候，她记得要带哪双鞋、哪个杯子。

"福寿衣放进去哦。"阿嬷交代。早几年她就准备了整套的福寿衣，用红布包着，放在衣柜顶层。

“不用带那些。”莹有些不自在。

谁知临出门那天，阿嬷又问一遍：“我的福寿衣有没有放进去？”

那天早晨阿嬷穿好衣服，梳好头发，把随身小花布包挂在颈上，一会儿又不放心地取下，把里面的东西清点一次，包里有一点儿钱、电话本，还有一本小相册。

“你放心去做事，我好乖好能的，你不用心急挂记我，我也不心急。”她忽地抬头笑笑，莹摸摸她皱皱的脸，轻轻地。

看得出来，阿嬷紧张，一路上手紧紧抓住布包。到了康乐院，要她在大堂长椅上等，莹去办手续，她忙举起手说：“拜拜，拜拜。”

莹笑道：“阿嬷，我还没走呢。”

关于白菜的问题，莹和司务主任有了争吵。

“可是我阿嬷只吃白菜，其他的瓜菜她不吃的。”

“那她可以尝试一下其他品种，或者选择不吃。”

“不吃白菜，她很容易便血。”

“那你想怎样？”

“能不能给她开小灶，每天煮一点儿白菜？”

“这么金贵，干吗要送她来这里呢？”

莹生气，心想要不要找院长投诉，还没来态度就这样恶劣，怎么放心把人托付给他。走出前廊，远远看见阿嬷，孤零零地在椅子上打盹，佝偻着肩，下颌瘪瘪地垂在胸口，抓着布袋的枯手缀着暗斑。从没试过这样的距离看阿嬷，她好小好弱，随便什么人都可以把她抱起来。吊扇在房顶上旋转，微微吹动她灰白稀疏的发，原来阿嬷已经那么老了。

别骗自己了，她还能活几年呢，真的能活到 120 岁吗？把她放在这里，这半年里她没了怎么办？下次来，见不到她怎么办？去哪里找？谁可以赔？

什么能够弥补？想起幼时，父母早亡，阿嬷就如同亲生爹娘，台风夜步行十几公里为她找牛奶；她感冒，鼻塞喘不过气，是阿嬷用口吸出她的鼻涕；晚上睡觉她爱把脸贴在阿嬷胸前，寻找那干瘪的乳头；走到哪里她都牵着阿嬷的手，一直牵着，从很小长到很大，世界上只有一个这样的阿嬷。

她擦眼睛，躲在转角擦了一遍又一遍。

“阿嬷。”莹扶住老人的肩。

阿嬷醒来，以为她要走，连忙举起手说：“拜拜。”

莹牵着她的手说：“这里不好玩，我们一同回家。”

阿峰还是走了。

莹也知道，总有一场伤心的，也许不止一场。无所谓啦，世界上又不是没男人，但阿嬷只有一个。

可回家的时候，在车上却不禁一路地掉泪，止不住地，纸巾湿了一张又一张。

还好能在阿嬷面前装出笑来。“阿嬷，我买菜回来啰！”

“乖孙回来啰，乖孙！”

“猜猜我买了什么菜？”

“白菜，嗯，猪肉、白菜、玫瑰花。”

“嘻嘻，对了一半。”她一副调皮轻松的样子，“没有玫瑰花啰！”

装得好辛苦啊，炒菜的时候，抽油烟机隆隆地响，她忍很久才抽一下鼻子，装作擦汗去擦眼泪，一直不敢回头。

吃饭的时候，阿嬷从身边捧出一只碟子，用小时候哄她的语气说：“乖孙，有好东西给你看哦。”她含糊不清却又无比温慈，“不用流眼泪哦，阿嬷给好多个‘中意你’，好多好多。”

莹低头看去，白色的瓷碟里，盛满一朵朵头脸上仰的小白菜根，那些齐齐切剪的白菜根，你一定从未发现，从正面看，一层层晶莹洁白的苞，瓣瓣曲折婉转，好生生地簇拥着一点翠绿的芯，看上去，竟像是一朵朵小小的玫瑰花。

她叫一声“阿嬷”，大声地哭了出来。

你坚强了太久，该换我了

吴晓冰

家有小妹不好惹

妹妹曲琦不但漂亮可爱，而且聪明机智。作为她的姐姐，很多时候我都觉得爸妈生下我是为了突出她的优秀。虽然只是十几岁的年纪，我已经明显地感觉到，我和曲琦以后的人生将大相径庭。

事实也是如此，高中毕业后，我读了师专，两年后成为一名小学老师。曲琦则进了名牌大学，毕业后被保送至美国斯坦福大学攻读 MBA（工商管理硕士），后来留在了美国。曲琦每年都会回来一次，带着父母和我出去旅游，忙着和她的同学们聚会。曲琦每次离家时，总有很多的朋友来送她，以至于我和父母都没有机会。爸妈时常感慨：孩子如果太优秀，更多时候就不属于父母了。

每当爸妈说这话时，我内心总有种复杂的感情。这些年，我离开他们最长不过一星期，就算是读师专时，我也是每周必回家的那一个，带回脏衣服，也带着对学校伙食满腔的抱怨。有时，爸妈也会说：“曲哲，你啥时才能像妹妹一样独立？”

很多习惯的养成，需要时间。比如我对父母的依赖，渐渐让他们习惯了凡事对我照顾；比如曲琦始终如一的优秀与独立，渐渐让爸妈凡事对她放心。

我结婚时，曲琦推掉了好几个重要客户从美国赶了回来。婚礼当天，老公在更衣室数落我选的那套礼服不好看，我当时并没有放在心上，但在一边帮我换衣服的曲琦却火冒三丈：“这个时候来计较这个有意思吗？也许你并无恶意，但我必须告诉你，别以为我姐宽厚就欺负她，我可不是好惹的。”

失败的姐姐

女儿两岁时，被确诊为自闭症。1 年后，丈夫提出离婚。

曲琦得知消息后急忙赶了回来。本来以为，以她的性格，一定会将我女儿的爸爸痛骂一顿，可是，她只是约他出去谈了谈。回来后，她劝我与丈夫离婚：“姐，每个人的承受能力不一样，与其让他在这样的压力面前变成一个扭曲的人，不如让他走。”

听了她的话，我胸中郁积了很久的怒火噌噌地往外冒：“你不是我，当然不知道有一个患自闭症的孩子是怎样痛苦！别拿你的一帆风顺来教训我的千疮百孔，我过的日子是你永远也体会不到的……”

我就会跟她吵，我本能地认为，是老天作弄，把幸福快乐、聪明美貌都给了她，而我则承接了不幸的那部分。所以，不管是她为我女儿找了最好的康复学校、陪着我离了婚，还是给了我大笔的钱，我都没有多少感激。我的人生，不是这些金钱与安置可以复原的。

那一次，看着临行前的曲琦与为她送行的朋友轻松地说笑，我狠狠地在心里咒骂了命运的不公。

回美国后，她每天都会打电话给我，问我有没有交新的男朋友，问女儿病情的进展，还会跟我说及美国对自闭症孩子的养护情况。每一次，她都会对我说："姐，一切都会好起来的。老天给了你一个患自闭症的女儿，但也给了你一个做不平凡妈妈的机会。"

女儿5岁那年第一次开口叫"妈妈"时，我第一个想到的便是拨越洋电话给她。是的，她总是对的。医生曾经对我说过，女儿可能这辈子都不会说话。只有我自己知道，为了这两个字，我付出了多少。步入中年，我依然平凡，但我可以对女儿说："我是一个非凡的妈妈，我为你做出了许多非凡的努力。"

上哪儿去寻"亲密无间"

老爸轰然病倒时，我在第一时间给曲琦打了电话。一次次在病危通知书上签字时，我再次重温了女儿被确诊为自闭症时的无助与绝望。3天后，曲琦回国，从北京请来专家会诊，她的朋友轮流来医院照顾老爸以及在家里六神无主的老妈。曲琦回来后，一切都变得井然有序。

老爸终于被抢救过来了，但生活再难自理。我扑在老爸身上默默流泪，一半为老爸，一半为此后艰难的日子。而曲琦只是站在窗前，静静地望着窗外。我吼她："你能不能不这么冷静？躺在这里的，是咱们的爸爸。你倒可以一走了之，以后他所有的吃喝拉撒还不都是我负责……”

老爸出院后，曲琦请了一名护工，月薪 5000 元，据说这名护工是专门护理脑血栓病人的。曲琦回美国前，给了我一笔钱，她说：“姐，你永远别为钱发愁，有我呢。”我说：“我知道你有钱，这些钱可以给你换来最大的自由。爸妈辛苦培养出一个优秀的女儿，就是为了让她拿出最多的钱，在他们最需要她的时候，离他们十万八千里。而那个不优秀的，当然就是端屎端尿的命了。”

曲琦什么都没有说，只是那次回美国，她是一个人走的，没让任何人送行。

啥事都一起扛

回到美国的曲琦每天都会跟家里请来的护工视频，交流一些老爸的情况和美国的护理经验。也会给我打电话，依然乐观地认为我会遇到真爱。

命运有时真是个奇怪的东西，在陪女儿做康复训练的过程中，我结识了一个外科医生。曲琦得知我的新恋情后并不意外，只是说：“姐，我早知道一定会有更好的感情等着你，你一定会幸福的。”

我们的婚礼没有仪式，只是领了一纸结婚证书，然后，他拿出两张飞往洛杉矶的机票，把蜜月之旅变成了探亲之旅。

在机场，曲琦喜极而泣。为期 10 天的蜜月之旅，曲琦一直陪着我们。有一天晚上上卫生间，我看到曲琦书房的灯还亮着，灯光下的曲琦看上去很疲惫，这让我第一次对她有了心疼的感觉。

“为什么还是一个人？”我问。

或许，这样一个安静的夜晚，这样一个平和的我，让曲琦有了倾诉的欲望，她跟我说起初来美国时的忐忑与不安；说起金融风暴那两年先后两次惨遭公司裁员的经历；说起与大学同学那场无望的苦恋；说起每年春节想家想到流泪，却不敢给家里打电话的孤独与寂寞。

那夜，我看到了另外一个曲琦，陌生，却令我感到亲切。这些年，我习惯了接受来自曲琦的帮助，却不曾想过，谁的日子不是问题叠着问题、烦恼连着烦恼？倘若这些年没有曲琦的鼎力支撑，我在一个又一个的生活变故面前会变成什么样子？

接下来的日子，我会在出门前，打开她的衣橱，跟她互换衣服穿；我坚持不再去外面吃饭，而是每天都给她做好吃的家常菜，把她的公寓打扫得干干净净……

离开美国的前一夜，喝醉了的我们抱头痛哭。姐妹多年，这样的依依不舍来得真是太迟了。

回国后，我每天都会打电话给曲琦，有些唠叨，有些市侩。

一天，她在电话里的声音透着感冒的鼻音，我在一遍遍叮嘱她要吃药之后，终于鼓足勇气对她说："曲琦，回国吧。我只有你这么一个妹妹，我不想有什么心事与困难时，只能在电话里跟你交流，我想和你一起逛街，想帮你挑选合适的男朋友，想为你张罗婚礼，想帮你带孩子。还有，爸妈年事渐高，我需要有你在身边，跟我一起面对生老病死……"

电话的那一边，曲琦的声音有些哽咽："姐，你把我坚强的翅膀打湿了。"

半年后，曲琦回国了。很快，她就有了一份收入颇高的工作，也有了属于她的小圈子。而我和她，也终于成了彼此生命中最亲近的那部分。

如果你有一名穷亲戚

石晓枫

这是一场除了家属之外，仅有 11 人前来吊唁的告别式。其中 8 名，是甫入职场、平日并不熟稔的同事；再有，则是往生者的友人代表，计 3 名。

躺在棺内的是我的大伯父，在我尚未知世事之际，他便离开故乡金门，奔赴台湾打拼。我与他关系生疏，原因有多重：其一，大伯父其实与我们并无血缘关系，他是祖母当年从厦门买回的养子；其二，这养子自小不学好，整日逃学在外，祖母拿他没辙；其三，长大后他情事荒诞，祸事连连，祖母对他更加死心。根据父亲回忆，少时逃学的大伯父不敢返家，每每溜到学校里，趁下课时向父亲伸手要零用钱。经春至冬，他睡在庙里、别人家廊下，单衣抵不住风寒，也是父亲夜深时背着祖母，隔窗偷送棉被给他。年轻的大伯父决定赴台发展时，盘缠不足，便找到父亲的工作场所，开口要钱。其时父亲一人的薪水要养一个 5 口之家。

我不喜欢大伯父，对他甚至有些畏惧，虽然在有限的相处记忆里，他总是阔气得很。小学时我曾被选为代表，由老师领队赴台参加研习营。我们搭了十余小时的船，在风浪翻滚中呕吐着抵达高雄，再连夜赶搭火车来到台北。大伯父得知消息，鲁莽地跑到和平东路，立马将我带走。为了表达欢迎之意，他要我在百货公司挑件新衣。“不要客气，我出钱！”大伯父拍着胸脯，相当豪气地表示。其时，我首次与传闻中的第二任大伯母见面，她带着正值二八年华的女儿，与大伯父再婚。少女服饰专柜充满了蕾丝花边和蝴蝶缎带的柔软视觉感，如村姑一般的我仿佛进入白雪公主的幻境。然而四人同行游逛，大伯母却自始至终绷着张脸，她像童话里的后母，对着青春期的姐姐说：“我们挑我们的，也不用客气。”

后来我才知晓，大伯父自幼逃学，大字不识几个，到台北之后四处谋职，也只能到工地打打零工，生活其实并不宽裕。但为了体现善尽地主之谊的热情，他领着我去逛终年难得逛一回的百货公司，购置必须花费整月工资的衣裳，此举自然令另一半不快。这是大伯父粗拙爱心的表达，在霸气、阔气中掩藏着不愿被人瞧不起的辛酸。

大伯父的另一半后来因豪赌而债台高筑，两人最终离婚。此后，祖母与大伯父的关系愈加败坏，大伯父也难再回金门。拖到50开外，经人介绍，大伯父娶了第三任太太。我的新伯母行动不便，约莫正因为如此，才委屈嫁给年岁已大犹居无定所的大伯父。尽管如此，夫妻俩仍生了个儿子。大伯父老来得子，自然甚感安慰。记得当年与小堂弟初次谋面时，他已是活蹦乱跳的年纪，大伯父不改一贯爱教训人的习气，扯开大嗓门对着我说：“你是姐姐，要好好教导、照顾你这个弟弟。”我心里嘀咕着：我们极少有交集，年纪又差那么多，到底该如何照顾他？然后想起我约莫也是这般年纪时，当时膝下尚无子的大伯父回到金门，带着年幼的我到文具店，我挑了款色彩缤纷的铅笔盒，大伯父大方地从架上取下另一个，说是也给妹妹买个礼物。“妹妹刚刚才买新铅笔盒呀！”我说。没料到大伯父为此狠狠训了我一顿：“只给你买礼物，妹妹就没有？做姐姐的不能这么自私。”当着文具店老板的面被训，我噙着眼泪，心里充满了被误解的委屈。

大伯父对自己的孩子，约莫也将以这般粗暴的方式来教育吧？不给解释机会，毫无通融余地，强制灌输自以为是的道德观念。看着天真的小堂弟，我暗暗为这孩子担心。然而，此去经年，直到堂弟念研究所了，生疏的亲人才在婚礼场合重逢。十余年间，我曾听闻大伯父屡次向亲友借贷。他们一家迁徙多地，父母曾经到三重、板桥、芦洲等处探望过他们。每逢开学季，父亲也会从金门邮汇款项，资助小堂弟上学。作为子辈的我们，无论如何不愿与上一代亲族多有接触，因为教训是永远听不完的，麻烦是永远不会终止的。

而大伯父仿佛也是永远不会改变的，无论是外貌，还是行事风格。多年后，当我终于循址来到陌生的居所，见到久未谋面的伯母时，一切恍如昔日。伯母戴着墨镜坐在桌前，手不停歇地折着纸莲花，她对来者哭诉大伯父临终前的种种负气行径，那完全是率直鲁莽的。我在临时设置的灵位前拈香。照片里的大伯父，除了两鬓微霜之外，那皱纹深刻的额头、炯炯的双眼、黧黑的脸庞，与印象中并无两样，脸部粗硬的线条在修饰下，反而添了几分慈祥。然而倏忽间，他已成为被祭拜的对象。只是灵堂里少了念诵佛经的超度，也不闻哭天抢地的号啕。

午后这临街的家是安静的，伯母因眼疾之故，行动不便，显然无法经常走亲访友，大伯父晚年亦罕出门。多年来，这一家子大概过着默默在底层挣钱、谋生活的日子，在城市与城市不为人知的边角，他们缓慢而认命地移动；在债主与债主交替临门的缝隙，他们谦卑而侥幸地找寻生机。我在沉寂暗哑的空气里，勾勒着大伯父晚年的身影，揣想旧时他行走的足迹。我想到我们这些大伯父口中的“读册人”，总是呐喊着要关怀弱势群体，在需要捐款、捐助物资的时刻，慨然共襄义举；我们认领偏乡贫国的孩子，按月接收他们的信件与近况报道照片。然而，如果身边就有一名穷亲戚，如此真实、如此迫近地存在于生活视野里，我们又会如何对待？不，不要找上我，我不想被牵扯。我们对其敬而远之，如看待瘟神般。

大伯父半辈子为生活所迫，辗转于餐厅、妓院等场所打杂，经年担任洗碗工、清洁工，年纪一大把终于娶妻生子，在台北都会区的底层打拼，年老体衰后退休。在这样的劳动生涯里，大伯父的交际网络终究只能如此贫薄：亲人少数，友朋三名。告别式最终，我们绕棺行走，看到的是大伯父瘦小的遗躯，仿佛象征着他在人世的渺小存在。礼仪公司的工作人员一再叮嘱着不要回头，顺时针往前绕行。是啊，如此畏惧被牵缠的我们，怎敢回首？

还记得家中始终保留着小堂弟幼儿园的毕业照，那是大伯父多年前郑重从台湾寄回，作为家族命脉传承的隐形宣告。虽然幼年离家、养母不欢、家族殊少闻问，但大伯父晚岁屡屡返乡扫墓，也在金门四处走逛，寻儿时欢游之友、旧时戏耍堂屋。所谓叶落归根，父亲说，若有任何线索，大伯父亦必将去厦门寻他的坎坷身世。

然而一切无非徒劳，最终大伯父没有生身血脉的消息，没有养父母的疼爱，也没有赢得晚辈的敬重。人说生死哀荣，但在大伯父身上，我看到的却是生命的轻贱、枉然与命定。想起大伯父故去后，伯母曾表态，希望我们帮忙“作旬”。母亲在电话里询问我的意愿，并且略作暗示：“大伯父膝下仅有一子，人丁单薄，若你们不去，场面会很冷清。”“不要啦！

我们跟他又不熟，而且这样很假呀！”我记得当时，自己以没有情感基础、虚应故事的仪式不具任何意义为由，断然拒绝。

唉！如果你也有一名穷亲戚，在情感、道德与伪善之间，这门世间功课，究竟该如何落笔？

我的哥哥史铁生

史岚

我抬头仰望天空，天空是一面大大的玻璃，大得没有边际。玻璃后面好像是另一个世界，有些人靠近玻璃向下观望，就像坐观光电梯，里面人来人往。人们一律穿着黑衣，大多表情凝重，也有的行色匆匆。

我不记得我哭喊了些什么，总之我是冲着玻璃拼命地哭喊了。他——我哥哥，不知怎么从里面走出来了，一下就到了我的跟前，就像我上幼儿园的时候一样，他胳肢我、捏我，跟我说："你别哭，以后要是想我了，就到这儿来找我，到这儿就能看见我。"

我醒了。我从来没有做过这么清晰的梦，梦里的情景清楚极了，身上甚至有刚刚被他捏过的感觉。是啊，这么长时间没见面了，真想他。

我们兄妹年龄相差 12 岁多，按照属相应该算是 13 岁。在我刚开始的记忆中他就已经是个大人了。那时，他快念完初中了，有时妈妈忙，他就去幼儿园接我。我们住在北京林业学院的宿舍，那时候操场上经常放电影，他想看，我也吵着要看，他只好一只手拿折叠椅，一只手抱着我去操场。因为我那时太小，看不太懂电影，经常看到一半就闹着要回家，他只好无奈地抱我回家。为此很多年以后他还经常提起，说我耽误了他看多少好电影。

还记得他插队走的那天，我和妈妈去学校送他。我那时 5 岁多，看到满街的大红标语，学校里锣鼓喧天、彩旗飘舞，还很兴奋，根本没注意到妈妈眼里含着泪水。他和同学们一起走了，我和妈妈回到家，这时我才猛然看到妈妈已经是泪流满面了，我也意识到要有好长一段时间见不到他了，于是赶紧跟着妈妈一起哭。过了不久，我们也要去云南了，妈妈写信给他，他从陕北回来和我们一起去云南。记得我们在昆明玩了几天，他就要返回陕北，我当时一点儿都不知道将要发生什么，只是好奇他下次探亲是回北京看奶奶还是来云南看我们。

我清楚地记得有一天放学回来，看见妈妈哭了，我当时没敢问，晚上妈妈告诉我哥哥病了，我们可能要回北京。我不知道哥哥病得多严重，但是回北京对我来说是个不小的诱惑。

我们回到北京的家，见了奶奶，铁桥哥哥当时也在。

好像没过几天，哥哥就从陕北回来了，我清楚地记得当时他走路需要一只手扶着墙，走得有点儿慢，但样子是高兴的，见到我们和邻居有说有笑。8 岁的我以为一切都会好起来。

爸爸一边带着哥哥到处看病，一边给我联系学校。由于我在丽江的学校不正规，户口又没落实，学校领导没有马上答应要我。爸爸只好提起哥哥，因为哥哥是这所学校毕业的特别优秀的学生，这么多年了，学校的老师们都没忘记他。于是我就插班上了二年级。可是我慢慢发现爸爸越来越沉默，有什么事只写信跟妈妈说。哥哥的情绪越来越差，病情也不见好转。我开始担心了，好像每天都悬着一颗心，老觉得要有什么不幸发生。

不久，哥哥走路越来越费劲了，他动不动就发脾气。看见他把鸡蛋羹一下扔向屋顶，把床单撕成一条一条，我吓得已经不会哭了，只是大气不出地看着，盼着这一天赶紧过去，可是又怕明天还会发生什么。我亲眼看见他把一整瓶药一口吞下，然后疼得在床上打滚，看见他一把摸向电源，全院电灯瞬间熄灭。我才知道什么是真正的恐惧和绝望。这种事情经常发生。但有时候哥哥的情绪会变得很好，也许是暂时忘了病，他会高兴地和我玩，使劲地捏我、胳肢我，讲鬼故事吓我。我们俩一起在床上打滚，我夸张地叫唤。只有这时候，爸爸和奶奶才会露出笑脸。不久，哥哥住进了友谊医院。

哥哥在友谊医院一住就是1年多，他和医生、护士们都成了好朋友。我经常看见医院的走廊里挂着漂亮的黑板报，他们说那是哥哥写的；有时候哥哥又会拿来一本油印的医书，那是用他坐在病床上一笔一画刻的蜡版印成的。医生、护士每次见我们都夸他，也会惋惜命运对他的不公。我清楚地记得他是扶着墙走进了医院，1年多后，是朋友们背着、抬着他回到了家。

出院后的第一辆轮椅，是爸爸和邻居朱二哥一起设计、找材料，再拿着各种零件找地方焊接，最后自己组装而成的。有了它，哥哥就可以从那不足10平方米的小屋里出来，在院子里自由活动。他的第一辆手摇的三轮轮椅，是他的同学们凑钱买了送给他的，他摇着它去过好多地方，包括天坛。

在这期间他看了好多书，还自学了英语，后来又到街道工厂去干活。我去过他工作的街道小工厂，他管它叫小作坊。几间低矮的小平房，十几个大爷大妈每天在这里往一些旧家具上画山水、仕女。仕女的脸美不美，关键要看哥哥怎么画——他负责画脸，用他们的行话叫开眉眼。有时候，他摇着轮椅从工厂下班回来，会神秘地冲我伸过来一个拳头：“猜，是什么？”然后还没等我回答就张开手——是 5 块钱，是他领到工资给我的零花钱。

那时候，每到周末，他的小屋里就会挤满他的同学，他们聊天、唱歌、争论，热闹极了。这时候我总是坐在一边听着，觉得他们真了不起，崇拜他们什么都知道。我还经常翻看他的书，他那里老有好多书，是他的同学或朋友们带来的。后来我发现他在一大本一大本地写东西，他不说，开始也不让我看，但我知道他开始写作了，而且相信他一定能写成。

那些年文化和娱乐活动很少，所以看电影成了人们期盼的事。交道口电影院离我家不远，有时，我会花几毛钱买两张电影票，然后他摇着轮椅，我在旁边跟着。他把轮椅停在角落里，就坐在轮椅上看，看完我们一路聊着电影的内容回家。那段时间，我和哥哥经常交流，他心平气和地给我讲了好多事。

有一阵儿，他尝试着给一个工艺美术厂画彩蛋，我负责把鸭蛋抽成空壳。后来，妈妈为了让他开阔眼界，买了一台黑白电视机，我们俩一起兴奋地跟着电视学英语，看《动物世界》。他最爱看体育节目，我也不懂装懂地跟着看。

可是老天爷并没有饶过我们，我后来才慢慢体会到了妈妈心里承受着怎样的痛苦。哥哥的病虽然暂时平稳，但终身残疾是肯定的了。作为母亲，她要时时担忧儿子的将来，担忧他的生活和幸福。妈妈是请事假回来的，云南的单位早就停发了她的工资，而且一直在催她回去，可是家里又确实离不开她，当时她的心里承受着怎样的煎熬啊！本来就体弱多病的她身体每况愈下，终于有一天承受不住了。1977 年春天的一个下午，她突然开始大口吐血，爸爸和邻居把她弄到哥哥的轮椅上，送去医院，她住进了重症病房。我去看她，她让我别害怕，嘱咐我照顾好哥哥，说她做个手术就好了。

手术做完了，她一直昏迷。大家想尽一切办法，可是情况越来越糟。不到14岁的我，守在妈妈身边，看着她艰难地呼吸着，我感到那么无助。当她在昏迷中痛苦呻吟、大声叫喊的时候，我吓得浑身发抖，躲到隔壁卫生间里打开水龙头，让流水的声音压过妈妈痛苦的叫声。终于，妈妈熬不住了，在昏迷了一周之后，扔下我们走了。哥哥的好朋友燕琨大哥背着哥哥去见了妈妈最后一面。

我居然没有哭，我不知道怎么办，哭不出来，整个人都傻了，隐约觉得这回这个家的天真塌了。送走妈妈之后好久，我不知道脑子里想的是什么，只是机械地做着该做的事。如果能够就这样慢慢忘记痛苦该多好！可是我没料到，痛苦会慢慢地又如此强烈地向我们3个人压过来，让我们好几年都缓不过气来。

我不知道怎样描述我们三人当时的境况，我们表面上还像往常一样，忙着各自的事。哥哥仍然到街道工厂去干活，业余时间仍在写作。爸爸每天去上班，回来料理家务。我上中学。学校离家很近，中午放学回家，邻居朱大姐一家已经帮助哥哥进了门。我要么热一热爸爸早晨做好的饭，要么就和哥哥一起捣鼓点儿吃的，然后再去学校。我们就这样一天天地过着看似平静的日子，但我知道，我们的心里都承受着巨大的痛苦。对妈妈越来越强烈的思念，就像是一股巨大的力量，把我们的心撕扯得支离破碎。

哥哥那么年轻就废了双腿，未来一片迷茫，偏偏他从小就优秀而要强。直到我也做了母亲，才真正体会到妈妈面对这样一个残疾的儿子，心里要承受怎样的痛苦。就像哥哥在文章里说的，上帝看妈妈实在熬不住了，就招她回去了。妈妈在天堂一定是个幸福的人。

妈妈走后不久，我们搬离了前永康的小院，住进了雍和宫大街26号的两间平房。在这里，哥哥的作品开始发表了。那时候家里经常会来好多人，有哥哥的同学——恢复高考后，他们大多考上了大学，还有文学圈里的作家、编辑。他们经常把哥哥的小屋挤得满满的。他们谈文学、谈时事、谈大学里的所见所闻，也谈对将来的想象。这段时间，家里总会有好多的文学书籍和期刊，我拼命地看，爱看极了，心里对文学充满了向往。也是在这段时间，哥哥的同学孙立哲因为受到“四人帮”牵连，也因为身体突发急病，身心备受打击，不愿意自己在家。他索性搬到我们家，我们在一起生活了1年多，像一家人一样。

记得那时候，我每天放学回家，爸爸一般还没回来，立哲哥哥已经在做饭了，我赶紧帮忙。他特会指使我，我忙来忙去地跟着他转，最后饭还是算他做的。不过他也挺有本事，有时候不知从哪弄来一条鱼，过几天又弄来一只鸭。基本上是哥哥凭着想象告诉我们应该怎么做，然后我和立哲哥哥动手。不管味道如何，我们都吃得香极了。也有的时候，他们俩情绪都不高，躺在床上长吁短叹，后来我越发理解了他们当时的无奈。周围的同龄人都上大学或工作了，可他俩却因身患疾病，前途迷茫。尽管这样，他们都没放弃自己想要做的事，哥哥一直坚持写作，立哲哥哥一边在火炉上熬着药，一边趴在床上看着厚厚的医书，准备参加研究生考试。

哥哥后来成为那么多人喜爱的作家，写出了那么多优秀的作品，但我知道他不会忘记我们一起度过的那段艰难的日子。他也许会和我一样有个永恒的梦，但我愿那梦不再是痛苦的，愿我们还能在梦里相见。

记得很多年以前，我们一起闲聊时就经常谈到生死的话题。我常常问：“死到底是怎么回事？是一切都消失，什么都没有了吗？”他说：“可能不是，等我死了，一定会想个办法告诉你。”我现在会常常想起他的这些话，会在心里和他聊天。我告诉他：我去给父母扫墓了，清明的时候我们去地坛了。参加完小水的毕业典礼，我告诉他：小水毕业了，开学就要读研了……我知道他也会用他的方式告诉我：他那里不再有病痛，他在那里能跑能跳……我们用我们特有的方式交流着，许多话不用说，但都能懂。天上、人间，相距并不遥远。

来不及珍重的告别

周嘉宁

我的奶奶被传染上肝炎，是在爷爷去世后不久，她病了很长一段时间。我不知道那场病会不会消解掉一些她失去丈夫的痛苦。

等她出院以后，就不再与我们一起吃饭。刚开始，她还与我们坐在一个饭桌上，不过是用自己的碗筷，坐得远远的，让爸爸夹菜给她，绝对不直接碰桌上的食物。那时候，她变得小心翼翼，脸上常常带着惊恐的表情，像是病菌已经长期在她的身体里扎根，再也不会离开。她甚至不太愿意让我坐她坐过的椅子，那也是一把专门的椅子，她每天坐在上面看报纸。

再后来，她就不再与我们一起吃饭了，甚至很少出现在我们的房间里。她开始写日记。她曾经是个中学老师，但在我的记忆里，她一直是个独自坐着的老人，与外面的世界根本没有联系。她写日记的劲头非常猛，常常从醒来到睡过去，都在写。有时候下午趁我爸爸妈妈不在，她会来问我讨支圆珠笔芯，或者是讨一沓用过的草稿纸，那多半是她写到一半，纸笔用完了。不知道为什么，她仿佛从来不问我的爸爸妈妈要这些东西，甚至故意要避开他们似的。

自从她开始写日记，就渐渐变得日夜颠倒。常常清晨的时候她还醒着，有时又会一觉睡到傍晚，下午四五点钟把午饭热一热吃掉，等到晚上 10 点再吃晚饭，完全生活在与我们平行的世界里，像是我们家里的一个幽灵。

现在有时，我也会在傍晚醒来，“在傍晚醒来”被我列在人生绝望辞典的前几名，特别是那些天黑得特别早的冬日，醒来以后像是生活彻底失重一般，觉得一切都难以继续。我会在这样的时刻想起我的奶奶，想起她在人生最后的那很多年间，面对过许多这样的时刻，每每想起，我心里都一片黑暗。

没有人看过奶奶的日记，只知道她铺天盖地地写。过年时有亲戚来我家里，开玩笑地问她是不是在写回忆录。她向来内向害羞，面对这样的问题，只能用手捂起脸来笑笑。但其实有一次，我偷偷看过她的日记。她的字迹很潦草，难以分辨。细细看来，她写的是每天在电视新闻里看到了些什么，领导人发表了什么讲话，主持人穿了什么颜色的衣服。然后她会写到在弄堂里遇到了隔壁邻居家的谁，说了些什么话。中午妈妈为她准备了哪些菜，也一样样地写出来，不忘加一句说，媳妇很贤惠，饭菜都很有营养。她也写到我，写我每天晚上都上楼给她送水果吃，写我的考试成绩。

之后她的身体变得很差，我去念大学了，家里也没有人能够时刻看护着她，于是爸爸决定把她送去养老院。我记得送她走的那天，她整理好衣物，安静而羞怯地坐在床边，她总是担忧打扰到别人，尽量隐匿自己的存在。等到车来接她的时候，她像是突然鼓起勇气似的问我爸爸：“日记怎么办呢？”我爸爸愣了愣，他一定没有想到，奶奶会提出这样的问题。接着奶奶说：“就这样放在屋子里，不会被其他人看到吧？”我站在旁边，心里咯噔一下，差点儿哭出来。

她那么敏感、纤细、孤独、胆小，这漫长的20年间，难得的几次与我走在马路上，都要紧紧地拽住我的袖子。所以我其实真的不知道，她的内心是怎么去面对死亡的。家里人对她的照顾向来很好，但是在很多个冬天里，我看到她穿着棉袄，缩手缩脚地坐在窗边，旁边是一盆正要冒出花苞的水仙，脸上依然是那种害羞的神情，混杂着一些忧愁。

自从她去了养老院，我就很少看到她。我从来不觉得中国的养老院有什么好的，更像是个医院。自从她去了那儿，就迅速地衰老，变成了一个真正的老人，或者说一个真正在等待死亡的人。就好像她身体里的那根橡皮筋也松掉了，她总是茫然地躺在那儿，也不太跟旁边的人说话。

我最后一次看到奶奶，是在我去北京之前。我沿着充满消毒水气味的走廊走向她的房间，她不在，我又转头去走廊里找。过了一会儿，才看到她坐在走廊里，旁边有几个老人在聊天，她仿佛在听，却又扭头看着其他地方。不知道是谁帮她剪的头发，非常短，像个男人。我不知道她有没有为此发脾气。在那最后的几年里，她的脾气变得非常不好，妈妈有时候会抱怨一下，我却总是不由得想起，在爷爷去世后不久的那些暑假里，我与奶奶两个人度过的一个又一个的白天。我常常无缘无故地对她发火，有一次我画一幅油画，画到一半去午睡，醒来时看到她把我的油画笔洗了，而且在水里泡坏了。我为此坐在床边大哭起来。我不知道自己为什么要对她发火，我想她也一定不知道为什么自己要对其他人发火，她心里肯定也很难过。

那天她看到我，从一个皱巴巴的塑料袋里掏出一片柚子给我吃。我告诉她，我要去北京了，她听得不是很清楚，反正那时我也常常要出远门的，所以她大概只当我是去某个地方玩一会儿，很快就回来。她握着我的手说：“你是最好的。”

她去世那天，我在北京，接到家里人打来的电话。挂掉电话后，我独自坐在那儿发呆，眼睁睁地看着外面的天色暗下去。天黑后，有朋友叫我出去吃饺子，那天大概是冬至吧。我们约在一个地铁站见面，然后他用自行车带着我在胡同里乱窜。那家饺子铺闹哄哄的，门口挂着个棉门帘阻挡外面的寒气。我们叫了差不多 1 斤的各色饺子，他还专门跑去隔壁帮我买了桂花酒，给自己买了二锅头。我们像平常一样大吃大喝，还大声说话，我假装得都已经意识不到自己在假装了。

然后朋友给我说了一个笑话，在我听来一点儿都不好笑。他把一张纸巾撕来撕去，贴在脸上假装是猪八戒。大笑带来了剧烈的情绪失控，一会儿我就转为大哭了。朋友挂着那张猪八戒的脸看着我，他也没有问我为什么哭，只递给我纸巾，然后自己把剩下的饺子都吃完了。

那天我始终在哭，一直到深夜。有朋友给我打电话，我因为过分哽咽而根本没有办法接。我想起和奶奶最后住在一起的那段日子里，我常常熬夜到凌晨，两点或者三点的时候，奶奶会从她的房间里走出来，若是看到我房间的灯还亮着，她就走过来看看我。我总是在对着电脑玩游戏，屏幕发着光。她不是很明白外面的世界已经变成什么样子，只以为我一直在做作业。于是她站在旁边看一会儿，然后说一句：“做功课不要做得那么晚。”其实那时我早就已经不需要再在半夜做功课了。

我那处处为别人着想的奶奶，在面对自己至亲至爱的家人时，却一直被“怕给别人带来不便”的想法深深围困在自己的世界里。她对周围的人爱得越是热烈，这种因为害怕触犯他人而不敢表达爱的痛苦就越深。我常常想，在被自己的善良所束缚的世界里，她的心中该有多么重的孤独感，那种孤独几乎是绝望而没有出路的，慢慢吞噬着她眼中的光芒。

我家的猫和老鼠

毕飞宇

我有两个姐姐，大姐长我 6 岁，二姐只比我大 1 岁半。我们是在无休无止的吵闹和绵延不断的争斗中长大成人的。我们姐弟 3 个就像鼎立的三国，在交战的同时不停地结盟、宣战，宣战、结盟。真是天下大势，分久必合，合久必分。当然了，我们的“分合”都是以小时作为时间单位的。上午我刚刚和我的二姐同仇敌忾，一起讨伐我的大姐，而午饭过后，一切都好好的，我的二姐却突然和大姐结成了统一战线，一起向她们的弟弟宣战了。

总体说来，她们联合起来对付我的时候要多一些，因为父母多少有些偏心，对我格外好一些。这个我是知道的，在事态扩大、弄到父母那里“评理”的时候，父母虽说各打五十大板，但板子里头就有了轻与重的分别。比方说，在严厉地批评了我们之后，我的母亲总要教导我的两个姐姐：“他比你们小哎，让着一点儿哎。”对我就不一样了，母亲说：“下次不许这样了。”口气虽然凶，但说的是“下次”，“这一次”呢，当然就算了，事情到此结束。这在我是非常合算的买卖，因为“下次”是无穷无尽的。假如我的两个姐姐联起手来和我作对，在多数情况下，她们差不多就是那个叫“汤姆”的猫，而我则是老鼠“杰瑞”。我们家几乎每天都有美国卡通《猫和老鼠》式的故事，小姐俩气势汹汹的，占尽了优势，恨不得一脚就把她们的弟弟踢到太平洋里去，然而，到后来吃尽苦头的始终是她们。

我们为什么吵呢？为什么斗呢？不为什么。倘若一定要找一个符合逻辑的理由，那只能是为吵而吵、为斗而斗。举一个例子吧，比方说，现在正在吃饭，我和我的二姐坐在一条凳子上，不声不响地扒饭，这样的饭吃起来就有点儿无趣，为了打破这种沉闷的局面，在二姐伸筷子去夹咸菜的时候，我会用我的筷子把她的筷子夹住，二姐不动声色，突然抽出筷子又夹我的。噼噼啪啪的战争就这样开始了。母亲突然干咳一声，一切又安静了。所争夺的咸菜到底被谁夹走，并不重要，重要的是母亲的那一声干咳究竟落在哪一个节拍上，这全靠你的运气，有点儿像击鼓传花。如果咸菜归我，即使我并不想吃，我也会像叼着了天鹅肉，嚼得吧唧吧唧的，二姐的脸上就会有一脸的失败。反过来，二姐要是赢了，她会把咸菜含在嘴里，悄无声息地望着屋梁，那是胜利的眼神，赢了的眼神，内中的自鸣得意是不必说的。

我们姐弟三个现在都已人到中年。我长年在外，节日里偶尔团聚，我们谈得最多的恰恰是少年时期的“战争往事”，谈起来就笑声不断。这一点是我们始料不及的。有一次我把话题转了，说起了姐姐们对我的好处来：我 6 岁的那一年得了肾炎，不能走动，每天都由我的父亲背到五六里外的彭家庄去，注射青霉素和庆大霉素。有一次是我的大姐背我去的，那时候她其实也只是一个 12 岁的孩子，又瘦又小。她在那个晴朗的冬日背着我，步行了 10 多里地。快到家的时候大姐终于支持不住了，腿一软，姐弟两个顺着大堤的陡坡一直滚到了河边。我并没有摔着，反而开心极了，大姐满头满脸都是汗，她惊慌地拉起我，第一句话就是："不能告诉爸妈。"这件事都过去 30 年了，可它时不时会窜到我的脑子里来。出乎我意料的是，随着年纪的增长，我回忆起来一次就感动一次。12 岁的大姐，冬天里一头的汗，惊恐的眼神——我不知道我为什么在人到中年之后反而为这件事伤恸不已。那一回过年我说起了这件事，我并没有说完，大姐的眼眶突然红了，说："多少年了，怎么说起这个，你怎么还记得这个呢。"大姐显然也记得的，不然她不会那样。她把话题重又拉回到吵闹的事情上去了。

这样的吵闹本身就设置了一个温暖的前提：我们能够，我们可以。我们幼小的内心世界也许就是在一次又一次的"打斗"中拓宽开来、丰富起来的。时过境迁之后，我们意外地发现，兄弟姐妹之间的许多东西也许并不能构成我们的日常生活，它反而是隐匿的，疏于表达的。然而，它却格外地切肤，有一种打断骨头连着筋的牵扯。美国人通过《猫和老鼠》的卡通形象向全世界的少儿表达了这样一种典范人生：打吧，吵吧，闹吧，可你们永远是兄弟，永远是姐妹——你们永远不能生活在一起，但你们谁也不能离开谁。

我的儿子最喜欢我的侄女，他们在一起玩的时候几乎就是猫和老鼠，不是追逐，就是打闹。可是，他们毕竟天各一方。在他的姐姐和他说再见的时候，他漆黑的瞳孔是多么孤独，多么忧伤。我多么希望能做我儿子的好兄弟，和他争抢一块饼干、一个角落或一支蜡笔。但我的儿子显得相当勉强，因为他的爸爸后背上都起鸡皮疙瘩了，就是学不像一个孩子。

血脉里的眷恋

于丹

关于姥姥的记忆，一次一次地来到我的梦中，梦里永远是我最后见到她的那个日子。她在吐了一夜鲜血之后，为了不耽误我考试，悄悄藏好半缸鲜血，鞋干袜净，整好头发，坐在床沿上等着送我上学。出家门前，姥姥叫住我，给我的手里塞了两个橘子，姥姥说，乖，去考试吧，回来姥姥还坐在这儿等着你。15 岁的那年夏天，我回到自己家的小院子，我从满月被妈妈抱回那个小院子开始，一天也没有离开过姥姥的那个小院子。看见守了我 15 年的姥姥常坐的那个床沿空了，我问妈妈，问舅舅，他们说姥姥进了医院，还说让我考完试后再踏踏实实地去看姥姥，接她回家。我就这么一门一门地考试，那是我初中毕业考试，考完的那天回家，看见妈妈和舅舅神色凝重地坐在客厅，他们开口说的第一句话，让我的脑袋嗡的一声就炸开了。他们跟我说的是，你长大了，要告诉你一件事。然后我才知道，姥姥住进医院 3 天后就走了。她进医院的时候，胃里的瘤子已经破了，人迅速地脱形，80 高龄的老人，医生说手术已经没有任何意义，让老人喜欢的孩子来送送吧。但是，要强的姥姥跟我妈妈和舅舅说，就让孩子记住我坐在床沿上送她上学的样子，现在这个样子会吓到孩子，我不见她了。我不知道这是不是姥姥生命里的遗憾，或者这才是她真正的骄傲。我也不知道，这究竟是我生命里的遗憾，还是我的幸运。

我常常想起的另外一个人是我的父亲。父亲是女儿生命中邂逅的第一个男人，是那个永远可以纵容她的任性，永远可以呵护她的无理，永远可以给她对人性和对爱情的信任，在她背后如山般坚实的那个臂膀。我不知道要经过多少年以后，女儿才能一一解开对父爱的误读，父爱是温暖的，但也是矜持的。父亲有的时候宁肯把爱守成一个巨大的秘密。

小时候，父亲在我心里只是严厉而已。最先教我背诗词的人是他，最先教我读古文的人是他，最先教我临字帖的人也是他。一直到我上了中文系，读了研究生，几乎我写的每一篇论文，父亲都要一字一字地给我修改，不仅仅改文章的层次，甚至还会改我倒插笔的笔序，所以，他修改的文字，往往比我的原文字数还要多。但是直到父亲辞世，我在心里对他都是有一点点畏惧的，直到多年以后，妈妈告诉了我一件事情，这是在爸爸生前我从来不知道的。

那天是他的 60 大寿，当时的北京天寒地冻，我正在读大学，中午从学校骑自行车回家，买了一个大蛋糕。怕纸盒把蛋糕撞得歪歪散散，所以我一只手扶着车把，一只手拎着蛋糕盒子，在寒风里费了好大的劲儿骑回家。跑上四楼，我兴高采烈地说："爸，我下午去上课，等我放学回来，晚上给您过生日，咱们吃这个大蛋糕。"爸爸漫不经心地瞥了一眼，说："嗨，这都是你们小孩儿吃的东西，我才不吃这个呢。"我当时心里还想，太不给面子了，可是看爸爸笑了笑，我也没多想，就跑回去上课了。下课回来，妈妈已经把蛋糕从盒子里拿出来，我们一起切蛋糕，说说笑笑。我记得自己还把枫叶贴在白卡纸上，写上诗，专门给他做了一个生日贺卡。爸爸的60大寿过得非常高兴，即便嘴上说不爱吃蛋糕，我看他也把那一大盘吃得干干净净。

多年以后，妈妈才告诉我，那天下午我上学之后，家里来了一个世交家的孩子，刚刚上大学的男孩儿，叫涛涛。爸爸顺口就跟他说："涛涛啊，这是你小丹姐姐刚给我买的蛋糕，我又不爱吃这个，你拿走吧。"涛涛欢天喜地，捧着蛋糕就走了。大概又过了一会儿，离我下午放学不到一个小时，爸爸开始像一个犯了错的小孩子一样，在屋子里坐卧不安，走来走去，妈妈问他怎么了，爸爸就小声叨叨着说："我犯错了，那个蛋糕是丫头给我买的，我不爱吃也不能给别人啊！你快帮我想想，那蛋糕的盒子是什么颜色？是什么牌子？丫头在蛋糕上面给写的是什么字？你能想起多少，咱俩往一块儿凑，我得去那个蛋糕店买一个一模一样的蛋糕。"随后，爸爸就急匆匆地出了门，骑上自行车，冒着寒风满大街去找，找那个他根本不爱吃的蛋糕。据说，在我回到家的一刻钟之前，我60岁的老爸爸，拎着一盒最相似的蛋糕，呼哧呼哧地回到家。这就是我的爸爸，这就是一直被我误读的那个爸爸。

我总是想起《论语》上的那句话："父母之年，不可不知也。一则以喜，一则以惧。"父母安康俱在的时候，儿女的心永远是欣慰的、骄傲的，还带着一点点受娇宠的、活泼的欣然；但一想到他们年岁已高，自己膝前尽孝的日子不多了，就会忧惧丛生。

在我的父亲、我的姥姥离去之后，我才知道人生中总有一些遗憾，就是他们健在的时候，我还不能深深地懂得他们的爱。也是在他们离去之后，我才一天比一天明白，父母亲人之爱有时候是要隐忍多少委屈！姥姥送我上学时的目光，背后不知道压着多少痛楚，只有她心里明白，那是最后的生离死别。

在父亲病重的那几年里，每一次通电话他都跟我说："丫头你忙你的，不用往回跑。"我有时候还真听了他的话，其实现在想起来，才知道他的心有多么疼，他是有多么想我。我生命中最大的遗憾，就是父亲没有等到我的孩子出生。不养儿不知父母恩，自己有了孩子后，才格外想念逝去的亲人。

在女儿两三岁的时候，那年秋天，我买来大闸蟹，我从螃蟹壳里慢慢地掏出一勺蟹黄，滴上一点儿姜醋，满地追小不点儿，一边追一边说："乖，过来吃一口，就吃一口。"这个时候，我妈妈也掏出来一勺蟹黄，多放了一点姜醋，在后边追我，说："丫头，你回头，你吃上这口，再去追你闺女。"那个瞬间，在我的记忆中永远不可磨灭。

我和祖父的园子

萧红

呼兰河这小城里边住着我的祖父。

我出生的时候，祖父已经 60 多岁了，我长到四五岁，祖父就快 70 了。

我家有一个大花园，这花园里蜂子、蝴蝶、蜻蜓、蚂蚱，样样都有。蝴蝶有白蝴蝶、黄蝴蝶。这种蝴蝶极小，不太好看。好看的是大红蝴蝶，满身带着金粉。

蜻蜓是金的，蚂蚱是绿的。蜂子则嗡嗡地飞着，满身绒毛，落到一朵花上，胖圆圆的就和一个小毛球似的不动了。

花园里边明晃晃的，红的红，绿的绿，新鲜漂亮。

据说这花园，从前是一个果园。祖母喜欢吃果子，就种了果树。祖母又喜欢养羊，羊就把果树给啃了，于是果树都死了。到我有记忆的时候，园子里就只有一棵樱桃树、一棵李子树，因为樱桃和李子都不大结果子，所以觉得它们是并不存在的。

小的时候，只觉得园子里有一棵大榆树。

这榆树在园子的西北角上，来了风，这榆树先啸；来了雨，这榆树就先冒烟了。太阳一出来，大榆树的叶子就发光了，它们闪烁得和沙滩上的蚌壳一样。

祖父整天都在后园里边，我也跟着祖父在后园里边。祖父戴一个大草帽，我戴一个小草帽；祖父栽花，我就栽花；祖父拔草，我就拔草。当祖父下种，种小白菜的时候，我就跟在后边，把那下了种的土窝，用脚一个一个地溜平，哪里会溜得准，东一脚、西一脚地瞎闹。有的菜种不但没被土盖上，反而被我踢飞了。

小白菜长得非常之快，没有几天就冒了芽，一转眼就可以拔下来吃了。

祖父铲地，我也铲地。因为我太小，拿不动那锄头杆，祖父就把锄头杆拔下来，让我单拿着那个锄头的“头”来铲。其实哪里是铲，也不过趴在地上，用锄头乱勾一阵就是了。也认不得哪个是苗，哪个是草，往往把韭菜当成野草一起割掉，把狗尾草当成谷穗留着。

等祖父发现我铲的那块地留着一片狗尾草，他就问我：“这是什么？”

我说：“谷子。”

祖父大笑起来，笑够了，把草摘下来问我：“你每天吃的就是这个吗？”

我说：“是的。”

我看着祖父还在笑，就说：“你不信，我到屋里拿来你看。”

我跑到屋里拿了鸟笼上的一头谷穗，远远地抛给祖父，说：“这不是一样的吗？”

祖父把我叫过去，讲给我听，说谷子是有芒针的。狗尾草则没有，只是毛嘟嘟的真像狗尾巴。

祖父虽然教我，我也并不细看，不过马马虎虎承认下来就是了。

一抬头看见一个黄瓜长大了，跑过去摘下来，我又去吃黄瓜了。

黄瓜也许没有吃完，又看见一个大蜻蜓从旁飞过，于是丢了黄瓜又去追蜻蜓了。

采一个倭瓜花心，捉一个大绿豆青蚂蚱，把蚂蚱腿用线绑上。绑了一会儿，也许把蚂蚱腿绑掉了，线头上只拴了一只腿，而不见了蚂蚱。

玩腻了，我又跑到祖父那里去乱闹一阵。祖父浇菜，我也抢过来浇，奇怪的是并不往菜上浇，而是拿着水瓢，拼尽了力气，把水往天空里一扬，大喊着："下雨了，下雨了。"

凡在太阳下的，都是健康的、漂亮的，拍一拍连大树都会发响，叫一叫就连站在对面的土墙都会回答似的。

花开了，就像花睡醒了似的。鸟飞了，就像鸟上天了似的。虫子叫了，就像虫子在说话似的。

一切都活了，都有无限的本领，要做什么，就做什么。要怎么样，就怎么样，都是自由的。倭瓜愿意爬上架就爬上架，愿意爬上房就爬上房。黄瓜愿意开一个谎花（植株的雄性花，不结果的花），就开一个谎花；愿意结一个黄瓜，就结一个黄瓜。若都不愿意，就是一个黄瓜也不结，一朵花也不开，也没有人问它。

只是天空蓝悠悠的，又高又远。白云来了的时候，那大团的白云，好像撒了花的白银似的，从祖父的头上经过，好像要压到祖父的草帽。

我玩累了，就在房子底下找个阴凉的地方睡了。不用枕头，不用席子，就把草帽遮在脸上睡了。

那年的欢喜

郑彦英

应该是在 1966 年，我上高小，暑假的时候，咸阳北塬上的马庄逢集，母亲给了我两毛钱，叫我带三个弟弟到集上逛逛，顺便买一斤盐。

一到集上，小弟弟就兴奋地指着吃食摊子嚷嚷：“油糕，麻糖，还有馄饨。哥，妈不是给你钱了吗！”

我一声喝住了：“还要买盐呢！一斤盐两毛钱，能吃半年。一碗馄饨两毛钱，一吧嗒嘴就没了！”

小弟弟没敢再吭声，二弟和三弟见我瞪眼，也都噤了声。

集市东头是百货店，那里卖盐，但是要到那里，必须穿过叫卖各种吃食的街道。我就在街道上走得很快，唯恐哪个弟弟被什么美食勾住了。当然最担心的还是我的小弟弟，就拉着他的手走，没想到他走到一个炒凉粉摊跟前，猛然挣脱我的手，坐在凉粉摊前的条凳上。

二弟和三弟都看着我，其实我也被炒凉粉那特别的香味馋得直咽口水，但我还是去拉小弟弟："走，买盐去。"

小弟弟不走，死犟着坐在凉粉摊子前，我把他提起来，他又坐下去，如一摊泥。

凉粉摊的师傅很懂公关，知道我主事，就不看我，有意大声叫卖："吃一口能解一年馋，才五分钱一盘！"说着就开始炒，油在鏊子里发出吱啦吱啦的声音，引得我肚子里的馋虫乱爬。

我不再吭气，心里盘算着，吃一盘凉粉，就要少称二两半的盐！于是我吼："走，不走不要你了！"

但是我吓不到他，小弟弟铁了心，他硬着头皮死坐着，不看我。

我实在没法子了，捏着口袋里的两毛钱，转过身，背对着三个弟弟和凉粉摊子。但是，炒凉粉师傅的每一个动作，我都听得清清楚楚，特别是炒到最后，铲锅底那一层黄灿灿的凉粉锅巴的时候，师傅有意铲得浅，铲得慢，一下一下地，引诱着一街的人。

凉粉铲到盘子里了，筷子重重地放到矮桌上，随后，放凉粉盘子的咯噔声响在小弟弟的面前。

我还是不转身，我知道三个弟弟这时候肯定都看着我，等我发话。

二弟拽拽我的衣服，小声地叫："哥！"三弟见我不吭声，走到我面前，怯怯地看着我。我低下头，深深地吸了一口气。

这时候小弟弟说话了："哥，闻着把人香死咧，我只吃一口，剩下的你们三个吃。"

小弟弟这一句话后来感动了我几十年。当我转过身来的时候，看见小弟弟眼巴巴地看着我，我软软地说了一句："吃吧。"他立即笑了，拿起筷子，却只夹了小小一点儿，放到嘴里，没敢嚼，似乎在等着凉粉化在嘴里，等到咽的时候，声音却很大，我知道那是和着口水咽下去的。

小弟弟站起来，把筷子递给我，真诚地说：“哥，好吃得不得了，里头还有豆瓣酱呢！”我说：“我不爱吃凉粉，你们三个吃。”说着把筷子递给二弟。

二弟和三弟推让着，一人吃了一口，又让我吃，我自然还是推。小弟弟夹起一筷子炒凉粉送到我的嘴边，那棕红的酱色，那飘忽的白色蒸气，顿时攻破了我的所有防线。

我吃了，我有意咽得很快，却不张嘴，让那美味在嘴里回旋，同时把筷子递给小弟弟。

小弟弟又推，我便把凉粉在盘子里分成三堆，让他们一人吃一堆，然后把筷子咯噔往矮桌上一放，说：“你们吃，我去付钱。”

我怎么也没有想到，三个弟弟吃了两堆，剩下一堆，让我吃，我问是谁没吃，二弟说是小弟弟没吃，留给我的。

我没有再说话，其实也就小小三块，我吃了一块，夹起两块，喂到小弟弟嘴里。

回到家里，母亲见我们弟兄四个满面红光，什么也没问，就招呼我们吃饭。我把盐袋放到盐罐子上，母亲掂了一下，笑着说：“吃饭。”

从这天开始的几个月里，我总觉得饭菜的味道淡了，少放了盐。我悄悄地问几个弟弟，他们也说感觉出来了，不敢问。

多年以后，我问母亲那天掂出盐的重量了没，母亲笑着说：“咋能掂不出来？”

我又问：“你知道我们把钱花在啥地方了？”母亲笑笑说：“五分钱买了四个娃的欢喜，还有比这便宜的事吗！”

世界上最美丽的声音

我是你拼命想保护的人，你想用尽全力给我一个安全的世界。

一觉睡到小时候

巩高峰

我妈抠门儿，那可是远近闻名。就拿我身上这条裤子举例吧，这条蓝卡其裤子最早是我大姐的，她穿旧了给我二姐，我二姐穿短了又给我。到我腿上时，膝盖那里已经磨得快透明了，随时会破个洞露出膝盖来。

那条裤子又旧又皱又难看也就算了，裤脚还在我脚踝上面。最令人无法接受的是，它还是女式的！女式裤子的裤门不是在前面，而是开在左侧腰胯那里，这意味着每次上厕所，无论大便还是小解，我都要蹲下来。

想想这个情景，我都快哭了。可是这些我不能跟我妈说，我一个男的，说这些多难为情啊。所以我眼睁睁地看着我妈熟练地把裤脚拆了线，放了下来，这样才勉强遮住了我的脚踝。

我知道，哭闹是没用的，我这个年纪了也没脸用这一招。

谁知第二天我把真相只藏了一节课，就因在课间上厕所时的扭扭捏捏被后座的刘双燕发现了。别看刘双燕的名字很“娘”，其实他是男生，光他的名字就被我们取笑了好几年。如今终于逮着机会让大家把焦点从他那儿引开，所以特别兴奋。留意到我的奇怪举止，他马上亮出大嗓门道：“哟，女孩子尿尿才会脱裤子蹲着，你这是为什么呢？”

刘双燕提醒了大家，一阵观察之后，窃笑声四起。

“你不是女扮男装的吧？”

因为笑点新鲜出炉，于是大家都不肯出厕所，任由哄笑一阵又一阵爆发开来。我平日里能言善辩，可现在一句话也没有。面对大家的调侃，我只好假装什么也没发生，低着头，脸红耳热，找个机会挤出厕所奔逃回教室。

刘双燕这么一闹，整天下来我觉得自己好像穿着一条钉子裤，浑身上下哪里都不舒服。放学路上，我成功地让裤子的两个膝盖开了窗户。

谁知我妈看到我的裤子破成那样，一脸淡定地搬出针线筐，找出两块布，飞针走线，一会儿工夫，两扇窗户就合上了。好在两块补丁跟裤子颜色相近，针脚也整齐，乍一看几乎看不出补丁来。

但是同学们的嘴可不是用补丁能补上的，他们把两片嘴唇上下一碰，讥诮和笑声就出口了，如乱箭穿心，我还无处可躲。

要说裤子短一点儿也不是什么大毛病，我正长个儿呢，感觉裤子每年都在变短，可问题是女式裤子裆浅，一旦我大步跑起来，裤裆很容易就会“刺啦”一声绽了线。为这事，我妈补了一次又一次，从裤裆到屁股，再回到膝盖，有时是无意的“天灾”，有时是我的“人祸”。没办法，我妈后来找了一块特别结实的劳动布，加宽了裤裆，才算解决了这个难题。

可另一个问题没法解决——我的情绪。自从那条裤子上身，我几乎变了一个人，回到家不是少言寡语就是牢骚满腹，暴躁易怒。我妈似乎隐约猜到了什么，把针线筐摆在膝盖上，看着它出半天神。

第二天，我在学校又一次被同学围观，这次没有笑声，而是一片啧啧称奇，还不时有人伸手摸我屁股。

跑到厕所褪下裤子一看，屁股那里的补丁上竟然多出两只熊猫，黑眼睛白身子，怀里还抱着一棵绿色竹子。我自己都看愣了，不知道我妈什么时候把针线活练得这么精巧。很快，我膝盖那里的补丁上也出了花样，那是两棵绿色的枝蔓，到膝盖上之后开出几朵牵牛花。这次我不仅在教室被围观，连在上学或放学的路上都会有老师好奇地看几眼，还有女老师跳下自行车，问我裤子在哪儿买的。

我突然意识到，我可能因为这条打着补丁的裤子，莫名地走到了我们学校时尚的前端。

有一天下课，刘双燕红着脸趴在我耳边小声地问我，能不能让我妈在他的裤子上也缝两只熊猫，嫌太麻烦了换成两朵花也行。我摇了摇头，理由是裤子破了才会缝补丁，有了补丁才需要花样来遮掩。刘双燕愣了一下，忽然转身从文具盒里摸出铅笔刀，在他裤子的膝盖那里割出两道长口子，当时我就惊呆了。

第二天，刘双燕的两个膝盖上也开出了花朵，这次是粉红色的月季花。我妈显然也误会了刘双燕的名字，以为女孩子肯定喜欢粉红的花朵。不过刘双燕显然不介意，从此之后几乎每天都穿着那条裤子满学校转悠，然后回来告诉我有多少人夸他裤子好看。

这件事情的高潮是我的新书包，那也是我的伤心事了。为了要一个又新又大的书包，我已经赌气每天抱着书本去上学快一个学期了。不知道是不是因为不断有同学让我带裤子找我妈缝补，让她得到了更大的启发，反正有一天早晨，我妈突然变魔术一样拿着一个又大又厚、花里胡哨的书包给我。看了半天，我才明白那个五颜六色的书包竟然是很多碎布头拼接而成的。那些碎布头平日里只有打补丁时才有存在的意义，而现在，它们就像太阳光，呈碎片状光芒四射。

我妈说家里的碎布头几乎都用完了，本来她还想模仿二姐写的“天天向上”给我拼在书包上，可是布不够了，只拼成了一个小太阳。看上去书包就像一个补丁摞着一个补丁，针眼儿密得让人眼花。

可是我已经惊喜不过来了，因为我背着它到学校的第一天，它就取代我裤子上的补丁成为焦点。几乎所有看到我书包的同学都惊讶得合不拢嘴，细看后又止不住羡慕和赞美。它果然像一个太阳，背到哪里哪里亮。

我更没想到的是，之后没多久，学校里慢慢多出了一个又一个碎布头拼接成的书包。我知道它们之中只有一个也出自我妈之手，就是我弟弟背的那个。因为羡慕我的书包，他哭闹了 3 天。没办法，我妈到裁缝铺要了一些碎布头，给他也做了一个缩小版的。

这种书包在学校和马路上耀眼地晃着，谁也阻挡不了它们的流行，直到不久之后连镇上的商店都有这样的书包在卖，不同的是它们是机器做的，每一个都一模一样。我妈完全没有料到，她竟然靠一针一线引领了一个风潮。

我妈也没想到，直到有一天新衣服、新书包都没用旧就会扔了换了，我还在梦里找那个晃眼的书包，还有那条一回忆起来就仿佛在开花的补丁裤子……

没有忧伤的爱

刘迪　王一*

女儿去美国之前，我问她："你会想我吗？"她说："不会。"尽管不悦，但我知道，除了母爱，世界上一定有更好的东西在向她招手。

人生自古伤别离。分别时，她满脸喜悦，我却泪眼婆娑。她不让我去机场，她怕我哭。她觉得分别没什么好哭的。

我心想：别嘴硬，还没到时候嘞！总有一天你会泪流满面地对我说"我想你"。

孩子喜欢往外跑，向远方，向梦想中的自由。其实，我们自己又未尝不是呢？父母的钱给他们插上了翅膀，我们愿意这样，这也是为我们自己的理想。

到了美国，她似乎比我想象的要忙，忙学习，忙玩，什么都不想放过，

---

*本文分为两部分，作者是一对母女。

只有妈妈这边是可以放放的，甚至我想和她视频都抓不到她。我抱怨：“你总得吱一声呀！好叫我们知道你都好。”于是，她在微信上时而发一个字“好”，时而两个字“都好”，或三个字“都很好”。

一晃，半年过去了，我一直在等，但她终究没说“我想你”这三个字，这叫我既失落又欣慰。甚至第一个暑假她都没回来，她申请了学校的一个项目，去了波士顿大学的英国伦敦分院和爱尔兰都柏林分院，余下的时间，她又独自去了荷兰、比利时……回到美国，她欣欣然地告诉我，她过了一个很忙的暑假。

说来也怪，她不想我，但我还是一厢情愿地想她，我甚至想要去看她。她说：“还是等我毕业时再来吧！那时我会带你好好玩玩。”听这语气，我们似乎已经转换了角色——今后是她带我玩了。

时光飞逝，她即将毕业，我开始筹备去参加她的毕业典礼。去之前，我问她想要我带些什么给她，她说什么都不要。我又问：“吃的用的都不需要？”她说：“那就带个挖耳勺吧！”

她几乎在毕业论文完成的同时，开始制订我们的美国东海岸旅游计划，然后把行程表发给我征求意见。接着订机票、订游轮票、订宾馆、租车……当我飞过太平洋，又横跨美国本土，到达东海岸的波士顿罗甘将军机场时，女儿已经等我 1 个多小时了。我们打车回到公寓，女儿便一头扎进厨房。1 刻钟后，饭菜便魔术般地摆在了我的面前。我喜欢这样的见面礼，到美国第一顿就吃上了女儿亲手烧的菜。她告诉我，红酒牛肉是接我之前烧好的，里面还有洋葱、胡萝卜、芹菜和各色香料，色香味俱佳。意大利面是现做的，插空还做了个牛油果色拉。烧牛肉剩下的半瓶红葡萄酒我俩一人一杯，庆贺母女欢聚。我发现她的手腕内侧有一道红色的烫痕，我问：“怎么弄的？”她拉下衣袖不让我看，说：“就是忙的呀！”

此时是波士顿一年当中最美的季节，也是学生们毕业的季节。马路两旁的树上开满红白相间的樱花，不时能看到穿着耀眼红袍的学生在纷飞的落英中穿行。

接下来，我们去了很多地方游玩。毕业典礼这天，我抱着满怀的玫瑰坐在看台上，等待女儿的出现。终于我看到他们结队翩翩而出，红色的袍子像翻卷的浪花，满场的人都在欢呼，而我不知为什么一直在流泪……转眼就到了要走的日子，我仿佛进入流泪模式，万般不舍。在机场分别前我问："你会想我吧？"她不假思索地说："不会。"我问："你爱妈妈吗？"她说："爱！"我又问："爱我，为什么不想我呢？"她说："有爱就够了，我的爱里没有忧伤。"飞机跃升，眼前出现广袤的云海。我突然领悟，生命是天地的造化，我们不过为天地代孕而已。女儿执意远行，为的也许就是天地大爱的召唤。但愿这种召唤，让女儿在面对人生各种离别时，没有忧伤，让爱长存。

老妈来美国

我的母亲很早就计划来美国参加我的研究生毕业典礼，在她来之前，我在焦头烂额地赶毕业论文，并且已经提前开始准备毕业之后的求职计划，所以平心而论，我是非常繁忙的。我真心为她可以来看我而感到高兴，一来是她可以同我一起庆祝一年半的学习成果，二来是她可以看看美国东海岸风光，而夏天正是这里最美的季节。

她乘香港航空公司的飞机从上海途经香港，最终降落在波士顿。我大学时曾经在香港参加过一学期的交流项目，前后在香港待了近半年，其间她也来看过我一次。当时我让母亲一人在香港街头等候了近两个小时，原因是前一天晚上复习备考，第二天睡过头，没赶上和她约好逛街的时间。那时的我毫不懂事，被母亲责备完就将此事抛在脑后。这一次想到母亲要一个人乘坐十几个小时的跨洋飞机来看我，其间还要在香港停留几个小时，我很是放心不下，从她告知已经从上海登机后，我就一分钟都没有睡着过。她游历各国，独立自信，沉稳大方，这些我都知道，但我仍然怎么也睡不着。在床上辗转反侧的时候，我想起在香港的一幕幕，突然翻身坐起，对自己说："哈，糟糕，你真的长大了呀！"

在波士顿罗甘将军机场等待母亲时，我告诉自己要在旅行全程中做到随时 Joie de vivre——这是一个英文中的法语外来词，非常"专业"的翻译就是：要欢乐，要搞笑。第一眼在机场见到她时，我就发现我的计划事倍功半。在一群疲惫的人中我一眼锁定了我的母亲，她高举护照，散发着 18 岁的精气神儿，面带着微笑疾步向我冲来。

但是很快地，母亲就进入了啼哭模式。我觉得她在我毕业典礼当天的表现将会永久印刻在我的脑海中。母亲独自坐在观众席间，而我则在闷热而喧闹的礼堂排队等待进入典礼的主会场。漫长的等待换来的是数以千计的合影，这是检验你在学校受欢迎程度的时刻（与个人学术成就毫无关系）。女生一边擦拭着被汗水晕开的眼线，一边热情洋溢地邀请所有认识的人合影，试图留下足够多的影像资料。我正左右逢源地参与着拍照，突然听到前方一声高喊：Show time（好戏上演）！很快，我们进入了主会场。母亲事后说，伴随着入场音乐，她已经泪眼婆娑。而我所记得的是不远处有一个欢乐的人久久地向我挥手，不曾间断。在校长发言之前，坐在我旁边的同学微笑着对我说："你看，观众席中有一位女士一直向我挥手，真可惜我怎么也想不起来我是怎么认识她的。"我大笑着解释她是我的母亲，并号召整排同学集体向她挥手，母亲微笑着举起了相机。在美国对于毕业典礼有这样一个说法：同学们可能会记得谁是自己毕业典礼的荣誉发言人，但他或她具体说了什么，很快就会被全体毕业生忘记。时隔两个月，我仍旧清楚地记得我们的发言人告诫我们："享受人生，但同时，在毕业之后，你将是对你的幸福负责的唯一的人。"在全学院毕业生悉数领到毕业证书后，主持人号召全体学生站起来，挥手向自己的家长，或任何在漫长、艰辛的求学生涯中给予他们支持的人致意。我站起身，微笑着伸出手，一阵暖意涌了上来。

母亲走之前问我会不会想念她，我不假思索地说："不会。"母亲走后，我从机场回到家里，感觉浑身瘫软。一头栽进枕头里，满满全是母亲的味道，我一觉睡了12个小时。记得曾有位小说家写过一本书——《爱与痛的边缘》，我不知道好不好，因为没有看过。但是我躺下的那一刻，就处在爱与痛之间……

从天而降的母亲

韩浩月

习惯了和母亲告别，每一次，我们母子二人分开时，谁也不回头再看一眼。我也不是刻意狠起心肠，只是习惯了告别。

许多年以前，我一直有个问题想要问她：“你为什么要离开我们？”这个问题在我30岁之后，就再没有任何想问的念头了。小时候不懂大人的世界什么样，等自己成了大人，那些小小的问题，还需要再问吗？

童年时刻骨的伤痕，有一部分来自母亲。有一次需要交学费，我在一个水塘边跟她要钱，不敢看她，仿佛自己在做一件错事。她说“没有”，我一直盯着那片池塘里绿色的水纹，觉得世界坍塌，时间停止，万念俱灰。

母亲走了又回，回了又走。每次回来的时候，都说不会再走了，她在院子里看着我的眼睛说：“这一次我不会再走了。”我在心里欢呼雀跃，表情却平淡，最多说一个“好”字。当她第三次从她改嫁的那户人家回来的时候，被挡在了紧锁的门外。那天下了大雨，她跪在满是泥水的地上哭。

以为她不会再离开我们，但几个月之后，她又无声无息地消失了。我从此不再相信她。但也知道，她有自己的苦衷——一个失去了丈夫的女人，在一个不但贫穷而且不讲理的大家庭里，想要有尊严地活，是多么艰难的事。

我以为自己是恨过她的，但根本就没有。对别人都不会有，何况对她。在我那奇怪的童年，脑海里被混沌与奇思异想充斥着，没有恨意成长的空间。当然也没有爱，不知道爱是什么样子，什么味道，活得像棵植物。

在我漫长的少年时代，与母亲再无联系。10 多年的时间，她音讯皆无。她是怎么过的，我不知道。中学时，有同学问到我父亲、母亲，我通常选择不回答，如果非要回答的话，我就会淡淡地说一句："都不在了。"那时我和母亲居住的地方相隔 30 多公里，但这段路程，足以用空茫来形容，我和她之间，大雾弥漫，我不找她，她也不找我。

我盼望母亲突然来看我，像小说或电影里描述的那样——她穿着朴素的衣服，带着吃的，敲开教室的门，而我在同学的注视下羞惭地走出去，接过她带来的食物，再轻声地赶她走。在我脑海里重复过无数次这样的场景，每逢有别的家长敲门的时候，我总觉得会是她。

直到我 20 岁那年，在县城里，我和一个女孩儿谈恋爱了。母亲仿佛专为此事而来，她笑着问我想要什么礼物，在得到我的答案之后，她给我买了一辆昂贵的变速自行车。那段时间，我经常骑着那辆自行车在街道上飞奔，经常把那辆自行车擦得锃亮，经常觉得自己是一个富有的人。

慢慢地，我明白了母亲并不是一点儿也没关注过我。每年我去她住的那个村庄给我父亲上坟的时候，她都会躲得远远的，在某一个角落里看我一眼。而我不知道她在那里，或者，就算知道，也装作不知道。

23 岁那年，我结婚。有人问我，愿不愿意让我妈妈过来。"让啊，当然让。”那时候已经有了一些家庭话语权的我，开始做一些关于自己的决定：儿子结婚，母亲怎么可以不在场！

那是我第一次觉得母亲像个慌里慌张的孩子。她包着头巾，衣着俭朴，略显苍老。我喉咙干涩地喊了声许久没喊过的“娘”，妻子则按城里人的叫法喊了声“妈”。母亲显得紧张又扭捏，想答应，但最终那声“哎”没能完整地说出来。

婚礼前一晚的家宴，一大家子几十口人，在院子里、大门外的宴席上，吃得热闹非凡。母亲怎么也不肯上桌，任凭几个婶子死拉硬扯，她还是坚持等大家吃完了，在收拾的时候，躲在厨房里随便吃几口。婚礼那天拜堂，司仪在喊“二拜高堂”的时候，却找不到母亲了。

客人散去，三婶告诉我母亲在楼上哭。我上楼去看她，她立刻停止了哭泣，像个没事人一样。那一刻我意识到，这么多年，她仿佛从没关心过我，我也从未关心过她，这么多年的时光，我们都是怎么过来的？

妻子跟我说：“有你妈在真好，别让她走了。”我说：“好。”但在母亲面前，我怎么也说不出口。

25 岁那年，我拖家带口漂到北京，妻子背着我给母亲打电话，说让她帮忙带几个月孩子，还承诺，只要她把孙子带大，以后就一定会像对待亲妈那样，对她好，为她养老。母亲来了，我们一家人终于有了真正意义上的一次团聚。

那段日子很苦，母亲跟着我们在暂住的村子里搬来搬去，但是大家都很开心。母亲教育孩子还是用农村的那套老办法，把她不到 1 岁的孙子宠得不像话。我常奚落她：“别把我儿子宠坏了！”

“小男孩儿哪有不调皮的？越调皮越聪明。”母亲总是坚持己见。

儿子学会了叫爸爸、拍手、再见、飞吻等话，自然叫得最熟练、最亲切的是“奶奶”。每到此时，她都异常高兴，从来没见她这么开心过。她有很多民谣，如：“宝宝要睡觉喽，奶奶要筛稻喽。”几乎每一首都和奶奶有关。

有一次妻子略带讽刺地跟我说：“瞧你，在你妈面前还撒娇呢。”“有吗？”“有。”“不可能。”“真的有，别不承认。”我仔细回想了以后，还是不承认有。也许只是觉得生活有趣，显得过于乐观了一点儿而已。

这次是真的以为母亲会永远陪着我们了，但又一次的分别摆在面前——母亲在她的村庄还有一个女儿需要照顾。要走的前几天，她一遍遍和孙子玩“再见”的游戏。等到孙子睡着的时候，她一句话不说，沉思着，一会儿想想，一会儿笑笑，在我看来，她又成了一个陌生的母亲。

母亲坐上出租车，脸上恢复了那种严肃的表情。她不看我，话也不多，无非是说少和媳妇吵架，少喝酒，多带儿子玩之类的。我尽量表现出无所谓的样子。这是一位从天而降的母亲，也是一个身不由己的母亲，我已没法，也不能再要求她什么。

又是漫长的十几年过去。时间过得太快，我忙着生活，忙着追名逐利。每年能够见到母亲，就是春节期间。我带着两个孩子，按惯例去给他们的爷爷上坟。母亲会过来，在堂弟家门口，看看她的孙子和孙女。当年她带过一段时间的孙子，如今已长成一个 1.75 米的大块头。在那短暂的半个多小时里，妻子、孩子与我的母亲，像任何一个普通的家庭那样，平静又愉快地说着话，笑着，拍打肩膀，拥抱，再不舍地告别。我在远一些的地方看着，并不凑上前去。还是不知道该和母亲说点儿什么，也许什么都不用说了吧。

最后一次见到母亲，是从乡村回县城的时候，母亲与我们同行。我开车开得有些快，母亲晕车，半路的时候不得不停下来。母亲蹲在路边呕吐，我在司机位上透过窗户看到母亲痛苦的样子，内心翻江倒海，那个久远的问题又飘回了心头：母亲，为何我们会成为现在这个样子？

我下车来到母亲背后，默默地给她捶着背，开始无声地流泪。

爱是一朵无声花

葛闪

23 年前，我在乡里的邮局工作。

那是一个冬日的下午。邮局外，鹅毛般的大雪纷纷扬扬下了一天一夜，整个世界都是白色的。风，更是一刀一刀地呼啸而过，寒意侵入每个人的骨子里。而邮局里，我和几个同事也被冻得脚不停地跺着地。

雪太大，来办业务的人寥寥无几。只有我一个人待在办业务的窗口，其他几个同事一边围着火炉搓着手，一边聊着天。而我，因为最后一个办业务的人也离开了，索性就伏在桌上看起了报纸。

近 4 点的时候，外面突然挟风裹雪地刮进来一个“雪人”，一进门便噼里啪啦地拍打着身上的雪。我被响声惊动，抬眼一看，原来是一个年龄在 60 岁上下的老大娘。如此冷的天气，老大娘的衣着却颇显单薄，她脸色铁青，一边不断搓着双手，一边哈着气。

她走近窗口，轻声问："拍电报是在这里吗？"

我点点头。

"多少钱？"她弱弱地问。

"一毛五一个字。"我说。然后看她一身颇为寒酸的衣服，又追问了一句："你要发电报？"要知道，在那个年代，若非太紧急太重要的事情，一般老百姓是舍不得花钱拍电报的。

"嗯。"老大娘点点头，听了我报的价格，短暂地一愣。接着，她一边摩挲着从口袋里拿出一个纸包，慢慢打开包了一层又一层的纸，才露出里面躺着的平整的毛票子，一边说："我儿子在东北当兵，好久没联系了哩。现在我们这里都这么冷，东北怕是更冷了。我想发个电报，给他提个醒儿。"

我心里一暖，放下了报纸。听着外面呼啸的风声，我细细端详起眼前的这个老妇人。她满脸的皱褶，像是被岁月的犁铧耕耘过无数次，有的地方因为皮肤干，都裂开了大口子。我突然想起家中的老母亲，和眼前的她竟是如此相像。

"大娘，您要发什么内容？"我问她，"字数越少，越省钱。"我提醒了她一句。

她低下头，思索了一阵子才说："您就告诉他，天气变冷了，要记得多穿衣服。并且告诉他，妈妈很想他。"她说完，自己又在心里核算了一下，补充说，"十七八个字，是吧？"

我按照她要表达的意思，默算一下，还真是。但是觉得语言不够简洁，便对她说："大娘，您看'天冷，多加衣'这几个字可以不？简洁，意思又表达了出来，而且省钱。"

老大娘一听，显得很高兴，正准备点头之际，突然又想起了什么，说：

“您得告诉他，我这个当妈的很想他。例如，在后面加4个字——妈妈想你。”

我笑了：“看您说的，这世上哪有母亲不想儿女的呢。您哪，不说这4个字，您儿子也知道您想他，何必浪费这4个字的钱呢，6毛呢。”我特意在“6毛”两个字上加重了语气。

老大娘稍微犹豫了一下，显然她似乎被我说的“6毛”给打动了。但转瞬间，她又改变了主意。

“不！”她坚持要加上这4个字，还说，“我就怕他不知道我想他呢。”她一边说，一边把钱数好，颤巍巍地从窗口递给了我。在我接钱的那一瞬间，老太太忽然轻轻握住我的手，说：“同志，我真的好想我儿子呢。”

我猛然感觉到，整个冬天的寒意好像蓦然就没了踪迹。

不想让你成为我这样的人

杨熹文

有一天，我和妈在电话里聊我小时候频频遭到“毒打”的经历：数学考到 95 分要被扇耳光；语文生字写得马虎要被掐大腿内侧；有时候放学后贪玩耽误了写作业，屁股被打得又红又肿，第二天都没办法坐在教室里的座椅上。

往昔凄惨的画面全堆在眼前，我咄咄逼人地讲：“妈，还记得那年就因为我写字慢，你拿着椅子毫不含糊地冲我砸过来吗？”

妈沉默了许久，说：“孩子，妈记得。”

几天后接到妈的电话，妈说：“就给我两分钟，我刚从报纸上读到一段话，说得挺好。我记性不好，要赶快念给你听。‘孩子，我要求你用功读书，不是因为我要你跟别人比成绩，而是因为，我希望你将来会拥有选择的权利，选择有意义、有时间的工作，而不是被迫谋生。当你的工作在你心中有意义，你就有成就感；当你的工作给你时间，不剥夺你的生活，你就有尊严。成就感和尊严，给你快乐。’这人说得有道理，妈嘴笨说不出这样的话，但是孩子啊，你原谅妈妈吧，当年打你的时候，我心里认的也是这个理，妈只不过不想让你成为我这样的人。”

从我 5 岁开始，妈就对我进行棍棒教育，坚信“毒打出才子”，因此我的童年结束得特别早，没看过太多的《大风车》和《小龙人》，放学后吃过晚饭就规规矩矩坐在小方桌前做妈买的练习册。

那个时候，妈是多么苛刻，戒尺就放在身旁，眼睛紧盯着我的答案，那嘴角一牵一扯、手掌抬起放下之间，都是我的恐惧。不过也正因为如此，我一直是班里的第一名，不是因为争气，而是因为害怕，害怕拿着月考的试卷回到家里，妈的怒气鞭炮一般炸响，一手擒住我，一手拿鸡毛掸子打过来。爸在鬼哭狼嚎的气氛中叹气，什么都做不了。

可是妈并不满意，她觉得女孩子除了成绩好，还要会说英文，要懂音乐，言谈举止中要有点儿气质和才情。

于是我的周六开始被字母装满，十几岁的我背着重重的书包，独自走 4 公里的路，稀里糊涂地坐在教室里听一个半小时的英文课。

我的周日从此被音符占据，妈骑自行车送我去学琴，坐在自行车后座上的我，幽怨地背着琵琶，双手牢牢把住车座的两端，却连妈的后背都不愿亲近一下。

于是我的青春期里，又多了这样的景象：英文书被撕烂，琵琶被扔在一旁，气急败坏的妈，抡圆了胳膊，一下又一下地打在我自觉撅起的屁股上。我因身上太痛，眼泪太多，常常看不清窗外的晚霞。

除此之外，妈也限制我的交友自由，她只许我和天天向上的“四眼”小孩儿做朋友，又完全掐灭了我情窦初开的小火苗。在唯一有男孩子向我告白的夏天，那张被我藏在书包深处的小字条，被妈粗暴地搜出来，摊在桌面上，她不分青红皂白地痛骂我，完全不顾把头埋在胸口的我那 16 岁薄薄的脸皮和自尊……我想很多时候，我都是恨妈的。我恨她逼我成为第一名，恨她强迫我学不喜欢的东西，恨她践踏我的自尊，恨她粗暴的脾气，也恨她的鸡毛掸子和扫把，恨她没收我全部的自由，给我一个苛刻的人生，却从未对自己有过任何的要求。

在我的记忆里，妈从未有过一份长久的工作，是典型的家庭妇女。一张脸灰扑扑的，从不用化妆品；衣服是夜市里淘来的大妈款，任腰间赘肉暴露得坦荡荡，也不肯费心藏一下。她没有爱好，没有朋友，没有文化，也没有梦想，每天伴随她的，只有电视、记账本和安眠药。

在整个青春期里，我一边害怕妈，一边嫌弃妈，像是一株不甘被埋没的植物，很叛逆也很用力地向着妈的反面拼命地生长，我才不要成为她那样的人。

后来，我果真没有成为妈那样的人。

我每天早上在健身房度过，晚上看新闻、写博客。有一票喝咖啡谈人生的朋友，也有独处的好时光。我读得懂卡勒德·胡赛尼和米兰·昆德拉，看得懂希区柯克和伍迪·艾伦，分得清《欢乐颂》和《蓝色多瑙河》，游走过尼亚加拉瀑布和纽约博物馆，知道霍金只有 3 个手指头能动，赫本和派克最后没有在一起，当年刺杀肯尼迪的也许不是李·哈维·奥斯瓦尔德……

妈收起鸡毛掸子和扫把，不再逼我成为第一名，也不再把我的优秀满世界地炫耀，她变得温柔慈祥，竟然有些不像她。当我把第一本书的著作权炫耀着拿给她看时，她甚至只是淡淡地说："你喜欢的事，就去坚持吧。"

可是这并不能让我忘掉童年和青春期时的不愉快。我仍然习惯把自己时不时的敏感和自卑归罪给妈，我会残忍地拿"孩子遭毒打跳楼""青春期少女离家出走”“花季少女自残”的新闻给妈看，妈总是一副歉疚的表情，拿着报纸看了一遍又一遍，自责、叹气、沉默。每当这时，我的心里会有一丝邪恶的快感。可我还是不懂，当年的妈，为什么会忍心对我那么苛刻呢？

我最终在心底原谅了妈，不是因为时间，而是因为搬家时从一堆旧相册里发现一本陈年日记。这本纸张发黄的日记本上，零零碎碎地记满了妈三十几岁时每天所要面对的家庭琐事：“今天家里买到了便宜的菜，明天孩子又要交补习班的钱；晚上打了孩子，心里很难过；听说三楼的婷婷不念高中去深圳了；最近睡眠不好，安眠药剂量又加了一倍……”日记本的最后一页，仿佛被泪渍浸润过的凹凸不平的纸张，矮胖松垮的字迹，在我眼前一一展现：“夜深了，他还没有回家，作为一个女人，我的心在滴血……”就在那一刻，妈十几年前的生活，和我现今的世界，仿佛产生了一种共鸣，我开始能够体会也能够看到，从 23 岁开始，这个在贫穷中支撑起一个家庭的女人，沉溺在一种多么沉重的艰辛里。

她要独自面对拮据的生活和并不幸福的婚姻，在那么寂寞的时光里以泪洗面。可是她从未想过逃离，而是擦干眼泪，转过头来依旧要保证孩子 6 点半的营养早餐、丈夫加班后的夜宵、干净的地板和透亮的窗户、银行卡上缓慢增加的数字……妈那一代人，对家庭比我们更有信念，牺牲是她们的一种本能。妈在生活里无限地看轻自己，那样逆来顺受，而唯一的反抗是，不惜一切代价要让女儿成为一个优秀的人。她不愿看到她的下一代因为没有知识和梦想，被困束于家门口的菜市场，和她一样迫于生活的压力，为菜价和小贩斤斤计较。她相信外面有她不曾感受过的美好，她希望她的女儿，有能力去更广阔的世界看一看。

那是让我多么难过的一个夜晚，摊开的日记，仿佛一扇穿越时光的窗，让我看到另一端日子里的艰难。晚风凉凉的，泪眼婆娑的我，欠了妈一个时代的温情。

写给老去的柳小姐

老的小

柳小姐：

在你眼里，我一直都是情商为负数的“菜鸟”。你不明白，为何如此善于交际的你竟会生出这样一个不善交际的我。其实，我也不明白。就算陪着你去了很多聚会，我依旧不改性情，习惯做聆听者，却极少做发言者。

以为自己足够了解你，可如果你不说，我真不会相信眼前的你，多年前曾在公园滑旱冰时摔得四仰八叉，在火车尚未停稳时直接跳下站台吓傻路人，更不会相信你曾和工程师老爸立志丁克，玩了 10 年。

我上小学时问你：“什么叫大同社会？”你一本正经地说：“人人以单身为傲，鄙视恋爱，这是社会最高级的形态，需要很长的时间才能实现。”现在想来，你真是预防早恋的专家。

我连续打嗝时，你总会扯一个谎来转移我的注意力。但因为你太会演，所以尽管我知道这条规律，依旧次次上当。

“哎，昨天和你一块吃饭的那个男生是谁？别瞒我。”

“昨天？嗝，我没有，嗝，和男生吃，嗝……”

每次把我逼急到完全不打嗝时，你就会突然像个疯婆子一样哈哈哈地傻笑起来，然后我就“秒懂”了，有一种想打你的冲动。但不知为何，最后还是跟着你一块儿哈哈哈地笑了起来。

爸工作忙，经常不在家，你既担任母亲的角色，又担任父亲的角色。我哭，你从不安慰：“别在我面前哭，到没人的地方哭去。”这的确符合你的个性。从我出生到现在，家里发生的事不少，可我看到你哭的次数不超过3次。后来，好像成为一种习惯，我也尽量不在人前落泪。

你很精明，也很强势，喜欢帮我安排很多事。但“帮”这个词对于我有时等同于操纵。为一些事，我们之间开始出现分歧，逐渐沉默，进入冷战。

那些冷战大都以我的失败告终，其中有一次，我抱着和你彻底决裂的决心，死撑了很久，直到一天清晨，听到你房间里的啜泣声。我回到自己的房间，等你开始做早饭了才踱到厨房，装作与你偶遇的样子，很不经意地，却又分明很在意地说：“我……错了。”你沉默，呆立了几秒，然后很用力地给我一个熊抱。其实，从你哭的那一刻，我就知道自己输定了，因为我最怕一个只会流血的人为我流了泪。

你常向我抱怨爸的种种不是，说自己当年太单纯，才会因为他的善良与才华就嫁给他，要不是考虑到我，早就跟他离婚了。从小到大，我都把你这话当真，并因此而难过，厌恶自己是没有爱情的婚姻的纽带，甚至计划一满18岁就劝你和爸离婚，给你自由。

后来我才知道，你和爸其实彼此爱得很深。爸有一种突发病，不及时吃药就会休克，和哥们儿喝酒时曾犯过。有一次爸出差，在一个和你说好的时间莫名失联，两部手机均无人接听。你感觉不对，都快把他的手机打爆了，问遍了他所有的铁哥们儿，还是没有消息。那一晚，你做了最坏的打算。因为我正读高三，你不敢跟我说。当第二天一大早，一切安好的爸给你回电时，你对着电话劈头盖脸就是一顿骂。

这事是后来你到学校接我时说的，你还一脸骄傲地说："知道吗？你妈是大雁，是烈鸟，一生只追逐一个人。"我装作很鄙弃的样子："哟，就你那样。"其实，当时我差点儿落下泪来。

不知从何时起，你不再是我欣赏的那个洒脱的女子，越来越像一个心事重重的中年妇女，开始担忧各种事。而最担忧的对象，就是——我。我是你拼命想保护的人，你想用尽全力给我一个安全的世界。但是，你也是我拼命想保护的人，我也想用尽全力给你一个安全的世界。我希望我爱你能够比你爱我多一点儿。

记得屠格涅夫《麻雀》一文有这样一个片段："忽然，从附近一棵树上扑下一只黑胸脯的老麻雀，像一颗石子似的落在狗的面前。它全身倒竖着羽毛，惊惶万状，发出绝望、凄惨的叽叽喳喳的叫声，两次向露出牙齿、大张着嘴的狗跳扑过去。"

我觉得这只掩护自己幼崽的老麻雀，像极了你。

在北方的夜晚想你的女儿

2015 年 12 月 19 日

母亲的手艺与哲学

温瑶

一个家，厨房才是核心地带。厨房是个保藏智慧的地方，女主人用情多深、心思怎么样，从锅碗、调料、蔬果就能略窥一二。

妙手天成，炫技之夜

我母亲是个天生的好厨师。据她说，小时候外公不常回家，外婆上班早出晚归，落下的中间这一餐让他们兄妹几个好生痛苦，于是她这个当大姐的就自然而然、无师自通地学会了做饭做菜。后来出嫁，她的婆婆、我的祖母是地主家的女儿，吃喝用度铺张考究，尤其在吃的方面。什么火烧什么水，什么时节吃什么菜，规规矩矩，方寸不乱。母亲投师于我祖母门下，不足 1 个月，厨艺已初见长进；3 月余，突飞猛进；到我出生的时候，她已经是婚丧宴席都能操办得游刃有余，街坊邻居无不交口称赞的居家小能手、好厨娘。

小时候过年，凉菜、热菜全部提前备好。饺子要包好几百个，水果、小食都不得少，富余出来的时间就留给亲人说私房话。那光景，常常是午饭撤下去的饭菜，晚上热一热接着端上来，仿佛永远吃不完，而话能说到天荒地老。外头鞭炮噼噼啪啪地放，屋里腾腾的热气最终扑到了窗玻璃上。如果这时候突然下起大雪，客人便不忍走了，母亲会自然而然对大家说："晚来天欲雪，能饮一杯无？"把诗说得像家常话一样。那是我记忆里最浓郁的年味儿，浓妆淡抹，意蕴悠长。其实桌上的菜不外那几样：豆酱、酥肉、酥鱼、什锦锅子、扣肉丸子、干炸带鱼、八宝炒酱……视各家经济情况而定。假如半天下来谈兴不减，母亲会亲自下厨额外备几样小炒。小炒都是新鲜菜，清清爽爽，不油腻。没有胃口时吃几样甜点也很享受，八宝饭、核桃酪是永不会出错的选择。

年味变淡是从家里老人去世开始的。到最后一位老人离开，母亲做的年夜饭便再也不是小时候的味道了。传统的过年菜一年少似一年，没人吃了。这几年的年夜饭更像是摆设，设宴一桌，静候客，但少有人只因挂念而前来叙话了。我看着母亲一次次把热好的饭菜再端下饭桌，自己也不吃一口，就在一旁撺掇："不如咱以后不做这些肥鱼大肉了，只做锅子、饺子，谁想吃谁吃，怎么样？"母亲眼睛一亮，正中下怀。

任意围炉，奇香荡漾

我家的锅子是羊肉锅。羊肉一定要选来自内蒙古草原的上好羊肉，洗洗涮涮，然后切成肉丁，加各种香料下锅炖。炖肉的当儿准备自己喜欢吃的素菜。胡萝卜绝不能少，待到羊肉炖烂，将准备好的素菜下水飞汆，半熟时铺到锅底，舀几勺带汤的羊肉那么一浇，火“啪啪”一点，再搁点儿辣椒。另起锅，挖少许自制猪油在锅内化开，烧到七八分热时迅速淋到锅子里的辣椒上，做到麻、辣、鲜、香，这羊肉锅子就成了。如果不够吃，再兑些肉汤，继续煮。这是全年吃得最慢、最长的一顿饭。年三十，吃饺子前，我们一家人就围着这么一只锅子，嘘寒问暖，各诉心事。吃到满头大汗的时候，体内积蓄了一个冬天的寒气、怨气，因为这羊肉的香气，都被神奇地驱走了。

古时候祭祀少不得各色牺牲，用其香味召唤祖先和神灵，可见，一盘人间美味果真可以香得惊天地、泣鬼神。我母亲似乎一早就领略到食物的高妙，说她做的饭菜摄人心魄，并不是虚言。她是留着这一手，把亲人朋友往自己身边拉拢呢。

母亲还特别细心，每逢吃锅子，必做一盘水晶山楂，这是最受全家欢迎的一道菜，解酒除腻就靠它了。

咆哮与舒展，甜与辣的哲学

母亲嗜辣，却做得一手好甜点。我小时候根本没发觉，到这两年才知道，一个女人的情绪，全靠这“甜”“辣”二味调节。我常见母亲一言不发地坐在厨房餐桌旁看书、练字、织毛衣，火上往往炖着骨头汤，或是煮着大枣红豆。这时候，谁也不忍打扰她，她必有心事，这心事牵扯着生老病死，她不能也不愿把这些事随随便便地说。这期间她做的菜往往由微辣上升至鲜辣，至暴力辣仍不见封顶，那架势似乎意在把自己乃至全家谋杀。如果有一天，她突然做了一道油炸糕，那意味着她想通了，一腔怒火已被一场大雪压了下去，天下太平了。近几年我学乖了，会时不时要求她做几块油炸糕，帮着她一起做，大家开心。

油炸糕这种甜品非得用糯米面才行，豆沙馅要自己调。虽然是一款不起眼的小甜品，但境界要比糕点店的巧克力慕斯高得多。西式甜点有股子不加节制的放肆，中式点心则含蓄委婉得多。做这道点心要耗费相当多的时间。首先得把红豆、大红枣清洗干净，红豆要用水泡一整夜。隔天，红豆、大枣放一起，加水，煮两到三个小时。待到水分全被吸干时，起锅，然后全手工压烂，过程中往里加糖，加多少视个人口味而定。馅做好之后，要准备糕皮，其间又有一道蒸的工序。待到糕面出炉，要趁热把做好的豆馅塞进去，揉成团，压扁，然后投到油锅里用文火炸。母亲的手艺好到从不炸焦皮，炸得外脆里嫩，吃到中心丝丝香甜。如果嫌油大，可以放到蒸锅上蒸一蒸，油就会从皮上的气孔里流出来，皮也恢复了柔软本色。

有锅子，有饺子，有油糕，有山楂，东西虽少，但五味俱全。吃完用茶水清口，然后嗑着瓜子，有一搭没一搭地说话，这时谁都不想操心明年的事，亦不想说后悔的事。旧岁已除，新年未到，这段时光仿佛是偷来的，我们任性挥霍，心无挂碍。一年也只有这一餐，没心没肺的快活已成仪式一般。

远方的女儿

杨熹文

我年届五旬的妈，为了迎合与我 5 个钟头的时差，掐着点在她那边的凌晨 4 点起床，小心翼翼地在微信上和我讲话，试探着说："孩子，你要是有时间就给妈妈打个电话，妈妈可以晚一会儿去上班；要是没有时间也没关系，你继续忙你的，不用管我。"她也因为在深夜看到网友的激烈留言而睡不着觉，第二天心事重重地叮嘱我："孩子啊，要是网上有人说啥不好的，千万别往心里去啊！不管你做什么，都会有人不满意！"

我大概能够想象到，妈每天的生活，就是看遍我微博上的所有留言，查遍网络上的新书销量，再对着我的文字读上一遍又一遍，认真全面得像个经纪人。有一次，她打电话给我，还没来得及寒暄，就把一口东北话说得慌张急促："快看看微博上的读者留言，人家在网上订了书，都好几天了也没给人家发货，赶快查一下怎么回事，别让人家白等。"她每个周末都去加班，只为那很少的加班费，转头却对我这个唯一的孩子任性地说：“孩子，妈妈想继续攒点儿钱，给你在机场附近买个小单间，你回来的时候不用折腾太远，能安心写作。”

妈把我的书放在了床头，夹进了包里，送给了七大姑八大姨，甚至放进了公司科长的办公室。我说：“妈，咱别丢人。”妈说：“有啥丢人的，写得好，写得好！”

妈这个分不清海子和顾城、总是把季羡林说成“寂寞林”、半辈子都泡在柴米油盐里的妇女，就这样突然对文字产生了极大的兴趣。我心里明白，这份迟来的努力，大抵是因为文字成了连接着她和远方女儿的唯一的事。

我和妈之间总是有一条很宽的沟壑，那里填着我对她的嫌弃、她对我的不理解，以及那曾经发生过的冷战和“热”战。我一直用力地长大，似乎只是为了离开她。有一天，我终于长大，拍拍翅膀，头也不回地飞走了，身处近 1 万公里以外的异国他乡，我还是对妈心存埋怨。我不懂，为什么我那五十几岁的洋人房东每个周末都能和 20 岁的女儿在一起喝得酩酊大醉，教育理念里总有一种“人生得意须尽欢”的架势。而我的妈妈，隔三岔五就要在电话里和我唠叨：“少喝酒，多吃饭，吃水果、蔬菜，喝牛奶、酸奶，记得穿秋裤。唉，我要是能在那儿给你做饭、洗衣服就好了……”

就凭这一直执意和妈拉开距离的态度，我就实在不是个孝顺的女儿。出国这么久，每次给爸妈带东西回去，都是因为有朋友回国前热心地问我一句：“有没有需要我给你爸妈带回去的东西？”我这才心虚地说：“有，有……明天就给你！”于是花一个晚上的时间在超市里，把有用的、没用的都塞进购物车，草草包装成一个包裹，第二天放进朋友的行李箱。唯一真心给妈寄东西的那一次，是因为那年的樱桃又大又红，我打包了一盒两千克装的大樱桃。我告诉妈之后，她就一直盼着盼着，收到后照了无数张角度不同的照片给我看，还说："这么大，真好，从来没见过！"我问她："吃了吗？"妈心满意足地说："吃了，每天晚上吃两个！"后来我才知道，妈把这两千克樱桃分成了 4 份，其中 3 份送给不同的人家，又从自己的那一小份里带走一部分给单位的同事品尝。愚蠢的我忽然明白，她是在向别人证明：你们看，我这个远方的女儿，一直在惦记着我，一点儿不比那些隔三岔五就回家的姑娘差！

我出国后第一次回家，翻箱倒柜的时候看到之前托朋友给爸妈带的零食和保健品，大部分都没有拆开包装，规规矩矩地放在柜子里。我责问妈妈："怎么不吃？"妈像个局促的小孩子："哎……等着你回来一起吃……"

我吃进一枚西梅，就像为了安慰她。她也吃进一枚，嘴巴机械地嚼着，眼睛却满足地盯着我。我笑她如同花痴一般，却在心里暗暗流泪，大概这一刻无论吃下什么，都是团圆的滋味吧！

我有时打电话和妈说："妈，我每次写完一篇文章，就像是蜕了一层皮。"妈说："我懂我懂，人家不都说嘛，写作特别辛苦，耗费脑力和体力。"我每次打电话给妈，还来不及问她好不好，她就总是急急忙忙地问我："你好吗？那里冷吗？那里热吗？你吃饭了没有？都吃了什么？最近有没有感冒？心情好不好？"她从来不把自己的生活挤进我们的聊天里，仿佛在东北那片大地上，夏天不会热，冬天不会冷，妈从不会感冒，也总是心情很好。

我记得小时候和妈一起去买菜，我第一次看见豆角觉得特别奇怪，就伸出手一根一根地挑。卖菜的大婶一脸不高兴："这咋还带挑的呢？哎，这小孩儿，别碰！"我缩回手，含着眼泪，一脸委屈。那时还瘦弱、含蓄的妈，突然间炸开了一般喊："怎么的，买个菜也不让挑啊，你怎么还说孩子呢？"妈带着我愤愤地离开，一路上还不忘扯着嗓子和卖菜的大婶对骂。那个景象我记了许多年，以至于我一直都有着这样的幻想，妈一辈子都会保护我，她会在我受委屈的任何时刻毫不犹豫地赶来。

可是，妈渐渐地看不懂、听不懂，也赶不来我的世界了，而一转眼就到了我要保护妈妈的年龄。很遗憾我还是没有找到填平我们之间那条沟壑的办法，但是我已经开始去认真地理解这份责任。我会把所有光鲜的一面拍成照片给她看，如果能发给她在餐厅吃烤鱼、喝红酒的照片，就不让她知道我图省事扒拉一下冷饭。如果能让她看到我在外面旅行的照片，就尽量不让她知道我为了这次旅行没日没夜工作的辛苦。每每到了晚上 10 点，我都要在微信上和她说“晚安妈妈，我爱你”，然后放下手机，继续写毫无头绪的 100 篇稿子。

我从来都不知道妈如何用她那“不太灵光”的中年人脑袋去应对快速发展的互联网，我只知道不管我什么时间发了文章，她都会第一时间转发、点赞、打赏，用她所有的方式来告诉我：远方的女儿，妈妈一直在支持你。

我常喜欢和人讲这样的笑话，重复了一遍又一遍，还是乐此不疲。最开始卖书的时候，我看到有人在网上一口气订了 3 本，顿时觉得信心大增，后来和妈妈聊天时她说：“嘿嘿，宝贝，我那天在网店订了 3 本书！”有一天我在微博上发表文章，看到有人给我打赏了，九块九，正得意忘形的时候，妈妈在微信上告诉我：“宝贝女儿写得真好，我给你打赏嘞！”

所以我一刻不停地努力着，就是怕这个美滋滋的老太太，有一天会没有了可炫耀的东西，在人群中沮丧地低下头。我想，如果妈妈爱看，那我就一辈子写给她看。

妈一辈子低调，害怕出糗，连在人群中讲话都总是词不达意，而如今，她大大方方地转发我的每一篇文章，带着炫耀的气势，坚持写上：“我女儿写的！”

我这个远方的女儿，看着那几个字，呜呜咽咽起来。

爱，从头开始

野凫

亲爱的妈妈：

这 20 年来，我俩一直是聚少离多，相聚的日子屈指可数，母女感情也一直不温不火，在外人眼里我们更像是远房亲戚。每当你想向我倾诉这些年的沧桑与曲折、无奈与绝望，我总会设法转移话题，不是不想听，而是怕听了之后会轻易原谅你当年无情地抛夫弃子、离家出走的事实。

依稀记得我 5 岁那年的某个炎热的中午，我吵着要吃冰棍，你换好衣服说去街上给我买，结果却一去不复返。那一年，父亲为了找你，卖掉了家里所有值钱的东西，只要听说哪里有你的消息，他就会立即带上我前往那个城市。

本以为你已经彻底地离开了我们，但后来我们每年都会收到你从外地寄回来的一笔钱。那时我们家还没有装电话，整个村只有李婶家有。你说每个月月初会打电话回来，于是每到那时间，我一放学就会直奔到李婶家询问有没有你的电话，一到放假更是几乎全天候在李婶家。电话里你从没说过你在什么地方，我也不敢问，你对我说得最多的就是“好好学习，等你考上大学妈妈就回来了”。村里长辈都说你不会回来了，我每次都会哭着和他们争辩。年年拿的奖状我都会小心翼翼收好，盼望着和你相聚的那天拿给你看，幻想着你将我搂入怀中为我骄傲的场景。

我 12 岁那年，因父亲生病住院开刀，我第一次主动打电话给你，希望你能够回来看看父亲，或者寄一些钱回来给他看病，而你只丢下一句话：“我只管你，我跟你父亲结婚这么多年只花过他 10 元钱，叫他自己想办法。”从那以后，我就再也不期待你的电话了。

考上大学那年，你遵守了诺言，千里迢迢赶回来了。你一点儿也没变，还是那么美，那么优雅，只是身材更加丰腴了点儿，穿着华丽的裙子，化着精致的妆容，和电视里那些城市女人一样。你告诉我你的住址，让我放寒暑假去你家玩。

大一临近寒假的某个深夜，父亲出车祸去世了。你在他的灵柩前撕心裂肺地哭着，无论你是出于对父亲的感情，还是仅仅想做给村里的长辈看，我都感谢你能够以一个妻子的身份为父亲守灵，那晚我突然觉得你又是一位好妻子、好母亲了。

大学 4 年每到寒暑假，我都会去看你几天。每个学期的学费和生活费你都会准时打到我卡里。如果没有你这十几年的资助，或许我早就辍学了，所以我时常提醒自己要懂得感恩，即使内心对你仍有怨恨。

如今，已毕业两年的我，在 N 城有了一份不错的工作，也有了自己的家庭。1 个月前，你打电话给我说想来看看我，那一夜我彻夜未眠，各种思绪涌上心头。我提前几天把家里打扫了一遍，买了很多印象中你喜欢吃的菜。接机的那天，我们没有拥抱，更没有热泪盈眶，只是简单地嘘寒问暖，彼此都有些尴尬，心中的隔阂依然存在。你带来了许多我小时候的照片和穿过的衣服，说："20年了都没舍得丢！"那一刻，我很想彻底地原谅你，泪水在眼眶里打转，我努力控制，只是淡淡说了句："留着有意义吗？"你低头沉默不语。

在我们同住的这半个月里，你每天都会为我们做很多拿手好菜，家里也被你打扫得干净整洁，我突然觉得这才是一个完整的家。有天下雨，我提前下班回来，远远看见你打着伞站在小区门口，左顾右盼，直到我走到你跟前，你才看见我，赶忙解释说："你小时候最怕打雷了，我来门口接你。"那一刻，我的泪水任由雨水肆意冲刷。

你临走前的那个晚上，我怔怔地抱着枕头来到你的房间，轻声说："妈，今晚想和你睡。"你将我搂入怀里，轻轻地捋着我的头发，你的体香还是从前的味道，肚子也还是那么柔软。那一夜，你带我重温了许多我小时候的趣事，以及这20年来你在外面漂泊的辛酸。这一次我不仅没有排斥这个话题，还听得很投入，甚至破天荒地撒起娇来，让你多讲一些。也就是在那个夜晚，我们像是真正的母女了，我们之间那道隐形的墙消失了。在你即将上火车的那一刻，我紧紧抱住你，哽咽着说："妈，谢谢你来看我，我永远爱你。"

爱一个人比恨一个人轻松、幸福多了。这20年里，我一直带着对你的怨恨辛苦地生活着。但从今往后，我想我会很幸福。妈妈，让我们从头开始吧！

你的女儿

妈妈的十二封“信”

夕里雪

“此刻，你身边有酒吗？如果有，那就好好坐下来，听我给你讲一个故事。”

旭子给我打电话的时候，我正在重庆。

2015 年，旭子在上海。江南烟雨勾人情丝，他的艺术家老师突发奇想，想要做一次横贯中国东西的“特殊”音乐采风——从上海到新疆阿勒泰，全程 4300 多公里，不带任何现代通信工具，随身带的仅有基本的录音和摄影设备。老师的原话是：“这是一次传统文化对现代科技的挑战。”

旭子自是欣然随行，毕竟这对任何人来说都是一次艰难而又珍贵的挑战。他兴致勃勃地收拾行装，制订路线，直到进入火车站候车大厅，才想起要给家里打一个电话。可是手机已经被扔在上海的老师家了，他只好用公共电话拨通了妈妈的手机。

我对旭子的父母一直知之甚少，只知道他爸爸是教育工作者，妈妈是医生，也许是父母受教育程度比较高的缘故，旭子一直处于放养状态，只要他不为非作歹，父母从不过多干涉。我几乎未见过他与父母联系，好像他从离家读书开始，就一个人自由惯了。只有每年春节的时候，他才会回一次家。

但这次毕竟不同寻常，可能会有大半年的时间与外界“失联”，他还是要提前和父母说一声。电话那一头的母亲和以往任何一次通话时一样平静，只是在旭子讲述的间歇插进几个淡淡的“嗯”，最后，她在旭子即将挂电话的时候才说：“你每到一个停留比较久的地方，可不可以给家里打一个电话？不用经常打来，想起来时，打一个就好。”

旭子听得出母亲平静背后的担忧，他无法拒绝，点头说“好”。

然后，他背上行囊出发。从上海，沿长江西行过荆楚大地到达重庆，然后一路向北，翻过秦岭，越过黄河，沿河西走廊踏上丝绸之路，经敦煌过玉门关进入塔克拉玛干沙漠，越过天山，进入准噶尔盆地，一直到阿尔泰山脚的边境城市阿勒泰。

每到一座城市整顿休息时，旭子都会如约给母亲打电话。“妈，我到重庆了。”“妈，我在西安。”“到兰州了。”“在乌鲁木齐，刚下车。”“到阿勒泰了，快回家了。”……他给母亲打了十几个电话，有时兴奋，有时匆忙，有时疲惫，但母亲总是淡淡地“嗯”一声，随意地打听打听他的食宿，不动声色。

这是故事的前半段，历时 9 个月的旅程，跨越中国近 10 个省市，老师和旭子用异乎寻常的毅力创造了一次奇迹。在这个奇迹面前，有关母亲的那部分记忆是那么渺小，几乎不存在。

故事的后半段发生时，已经是 2016 年 4 月。因为一点儿小小的天灾，

2016 年的春节旭子没能回家，想着爸爸的生日正好在中秋，干脆就等到中秋节再回去好了。于是我们约了五一一起去重庆，谁知道我前脚刚刚订了票，这兔崽子后脚接了一个电话，转身跑了。

来这个电话的不是别人，是旭子的爸爸。旭子的妈妈心脏病犯了，医院会诊后提出做搭桥手术，手术存在风险，要征求家属意见。签字笔放到旭子爸爸面前的时候，他忽然犹豫了，拿起又放下。他抬头对医生说："你等我打一个电话，毕竟她做事不听我的，我得听听另外一个人怎么说。"

作为与她相濡以沫几十年的丈夫，他深知妻子的心一直系在另外一个人的身上，他半分也夺不回来，还不能争、不能抢。因为这个人，是他们的儿子。

旭子用最快的速度赶回武汉，陪妈妈做完了手术。住院观察的几天里，有一天，爸爸单位临时有事，要旭子回家替妈妈拿换洗的衣服。十几年从不进父母房间的他，笨拙地翻箱倒柜，却无意间发现了妈妈的秘密。

旭子发现了 12 个快递包裹，分别寄往全国 12 个不同的城市。按照时间顺序一字排开，正好可以拼出他去年的路线图，收件地址和电话都是他无意间透露给母亲的酒店、客栈，收件人无一不是他的名字。

他坐在地上，一一拆开包裹。母亲寄出的内容形形色色，有腊肉干、抗生素，还有冲锋衣。那个上午，他守着一地乱七八糟的什物，努力回想早已被抛诸脑后的与母亲的电话内容。

"妈，我到重庆了。没感冒，就是这边下雨了，我有点儿咳嗽，没事。"

"妈，我在西安。这边的羊肉孜然味太重了，我吃不惯。"

"我到兰州了……嗯，温差大，晚上特别冷。"

……

他一边回忆，一边想象着母亲如何不动声色地从他嘴里套出住宿信息，然后戴着老花镜上网查询地址和联系方式。

他兴致勃勃地和老师开启了一场文化的朝圣之旅，却不知道母亲追在他的身后，用 9 个月的时间写下 12 封漫长的“信”。

有人说陪伴是最长情的告白，母亲的“信”太短，短到没有起承转合，短到没有写抬头落款，短到只剩下两个字，一笔一画地被写在收件人栏里。

可惜旭子行色匆匆，来不及收到这绵长的情意。母亲的快递一件件被寄出，又被一件件退回。

镇江，查无此人，退回。

重庆，查无此人，退回。

西安，电话错误，退回。

兰州，查无此人，退回。

……

他无法想象，母亲接到那一个个被退回的包裹时，该是怎样的心情——仿佛一颗心被全力地抛向他，却又被冷漠地轻轻送回。庆幸生活的安排，最终让他发现了这个秘密，让这个不懂事的大男孩儿，在这阳光晴朗的午后，守着 12 封沉甸甸的“信”，哭得不能自已。

故事到这里告一段落，旭子在电话那一头沉默不语。他问我在想什么，我擦了擦眼角的泪水，尽量不让他听出我哭过。

挂了旭子的电话，我抬起头，凝望着眼前的长江。山城依旧美得令人沉醉，但此刻我竟然失去了停留的心情。我给妈妈打了个电话：“妈，重庆的火锅太辣了，辣得我脑袋疼！这儿天天下雨，一点儿都不好玩，我要回家，你给我包饺子，嗯，韭菜馅的……”

我们总是在追逐一些东西，十五六岁时追逐爱情，于是写日记、寄情书，奋不顾身；十八九岁时追求自由，于是说走就走，勇往直前；我们耗尽前半生去追赶下一站的风景，所以总是看不到身后的那个人用尽后半生的时间，只为追逐一个你。

沿途的美景虽然好，但是偶尔也请你回头，向身后的那个人挥挥手。

特殊的母爱

文扬

到圣迭戈的第二天，我去了久负盛名的圣迭戈动物园。

圣迭戈动物园占地 100 英亩，是全球规模最大的动物园之一，整个动物园就像一个天然植物园，到处都是郁郁葱葱的繁茂绿林。

动物园里配备了游览汽车和空中缆车。我在动物园入口处坐上了双层游览车。我的前排坐着一个中年妇女，她的旁边站着一个小女孩儿。小女孩儿约莫 1 米高，穿着一件长袖红格连衣裙。当小女孩儿的头转过来时，我惊得几乎呆住了。小女孩儿瘦小的脸上，皮肤像疤痕一样扭曲牵扯着，眼睛部分只剩一个小小的裂缝，鼻子、嘴巴、耳朵也都扭曲得不成形状，皱成一团。女孩儿露出长袖里的手，五指痉挛蜷缩在一起。车子开动后，女孩儿开始在原地慢慢转圈，转了一圈又一圈。中年妇女回过头，微笑着对我说：“安妮现在兴奋极了，她知道我们现在在游览车上。”

“安妮？”我一时没弄明白她指的是谁。

“我女儿叫安妮。”女人指着转圈的小女孩儿说，“你看她在转圈，这是她感到高兴的表示。”

女人打开双肩包，从里面拿出一个塑料水瓶，打开盖，拉了拉女孩儿的手。女孩儿停下来。女人搂住女孩儿，把瓶口放在女孩儿的嘴边，让女孩儿抿了几口水后，女人掏出纸巾细心擦去女孩儿嘴边流出的水。女孩儿喝完水后，继续在原地转起圈来。

我小心地问道：“安妮，她……会说话吗？”

女人摇头，说：“安妮不会说话，她眼睛看不见，耳朵也听不见。”

“那……”我惊异得不知道该说什么好。

“安妮有触觉，只要我触摸她，她就知道。”

“她生下来就是这样子？”

女人点头：“是的，她出生时就是这样。医生说，这是一种非常罕见的基因突变病。”

我不再说话，默默地看着外面。大路两边都是亚热带植物，一个个富有特色的动物区就分散在其中。我看到前面一块牌子上写着“熊猫区”几个字，连忙伸长脖子往外看。女人笑了，说：“你从这儿是看不到熊猫的，游览车不经过熊猫区。熊猫喜欢安静，汽车的噪音会吓坏熊猫的。”

女人热心地向我介绍起沿途见到的各种动物。她似乎对这个动物园非常熟悉，我问她是不是常来动物园。她说：“我每个周末都来，安妮喜欢来动物园。如果哪个星期她没有来的话，她就会烦躁不安，晚上也不肯睡觉。”

“那……她来动物园看什么呢？”

“安妮喜欢坐动物园的游览车，每次来动物园，她还要到鸟园去玩。”

“可是，她既看不见，也听不见呀！”

"是呀，我也弄不清楚是什么原因，也许是气味，也许是环境，她只要一进鸟园，就兴奋得转圈圈。"

女人拉住小女孩儿的手，女孩儿安静下来，女人爱怜地把女孩儿搂在怀里，自言自语地说："该休息一会儿了。"女人对我说："我一直住在圣迭戈，从来没有想过搬到别的地方，因为这里有最好的动物园，其他地方的动物园没有这样的条件和设施。"

"安妮多大了？"

"她今年 26 岁。"

我又一次沉默了，想着 26 年过去的日日夜夜，还有即将到来的许多日子。

"你是一个伟大的母亲！"我说。她笑了，一双美丽的蓝眼睛里闪着泪光。

以你为名的光芒

在你的目光里，我渐行渐远，头也不回。因为有你，我才无所畏惧。

澡堂里的父子

郭阳芳

这个故事是听来的。讲故事的是我的先生。他说这是一个很温馨的故事，说给我听，我一定也会和他一样感动。

故事是关于一对父子洗完澡，穿衣对话的小片段，是他在学校澡堂子里洗澡时看到的。因为是冬日，又是星期一的大清早，所以澡堂子里洗澡的只有他、一个中年人外加一位老爷子。他进去时，中年人还在水龙头下，老爷子已经躺在搓澡的床上了。学校的澡堂一直对外营业，因为票价比其他浴池便宜些，所以周围的居民也愿意前来。

他说一开始并没注意他们，只一味享受着这片刻的偷闲时光。他看到搓澡工在给老爷子搓澡，中年人隔一会儿便跑过去配合着帮老爷子翻一下身。这些都没什么，他看着很正常，真正让他感动的是，洗澡结束之后父子间的对话。

中年人怎么说也有 50 来岁了。他先是小心翼翼地帮老爷子用浴巾揩干了身上的水，然后又一件一件地慢慢给老爷子递衣服，帮他抬一下胳膊或腿。背心、秋衣、棉衣，每穿一件，他都会让老爷子休息一下，一点儿都不急。穿衣的整个过程，中年人一直围在老爷子身边。“爸，你看你穿着的衣服有没有膔着的，我给你拽拽？”先生说，中年人的这句话，不知怎的，一下子打动了他。忽地，他很感动，甚至有些鼻塞。如若父亲在，他会不会这样？他说，那一瞬间他很想上去和他们说句话，可又怕破坏了他们那一刻温馨的氛围。于是，他开始故意放慢了自己穿衣的速度。这时，中年人和老爷子都已经穿齐整了，可能是怕里面热外面冷，突然出去会感冒，他们坐在靠门边的床上，说是凉一会儿。从侧面看，他们几乎是一个模子里刻出来的；还有他们的声音，几乎分不清彼此。

“爸，你还记得我的生日是什么时候吗？”他听见中年人问老爷子。话音有些试探的意思。

老爷子看了看中年人，没回答。

中年人瞅了瞅老爷子又说：“是不是 × 月 × 日？”说完，他又接着自己的话问了一句，“是不是？”

“这是你哥的生日，你以为我不知道？”一来二去，他看到一脸褶皱的老爷子，眼睛里闪着狡黠的目光，“你知道我的生日是什么时候？”老爷子倒反问起了中年人。

“哈哈哈哈，”中年人大声笑着，一脸得意地说，“我怎么能忘了我父亲的生日？阳历是 × 月 × 日，阴历是 × 月 × 日，怎么样？”

老爷子不等中年人说完，自己亦像小孩子一样，嘿嘿乐了……先生说，他从澡堂子里出来的时候，又忍不住回头看了他们父子一眼。听到这儿，我亦很感动，我知道，先生是想他父亲了，我也开始想我父亲了。

生命里有你

郭斯特

父亲

昨天在一本书上看到了这样一段话："一个人没了，说什么都是多余的，记着也好，忘记也好，都是活人看重的，逝者已经离去，再见面大概也早忘了这一世的事。"看见这段话的时候，我想起了我的父亲。我记性不好，同时伴有选择性失忆。生活中痛苦太多了，又何必事事都清晰明白。亲眼看到父亲离开，对年少的我来说是近乎毁灭性的打击，所以我逼着自己去忘记。这些年，也很少想起。此刻，我走进记忆长廊，推开一扇扇尘封已久的沉重的大门，跟你们聊聊我的父亲。

父亲是一个朴素至极的人，毫不夸张地说，我就没见他给自己买过衣服。夏天是清一色白衬衫，以至于执教十几年，每届的学生毕业照，除了日渐发福的体态和日渐增多的皱纹，他就好像被复制粘贴了一般。他是林则徐的直系后裔，第 6 代。他经常跟我说：“你要做一个有梦想、对社会有用的人。”我那时候笑他老土，简直就是活化石。但父亲在我眼里是一个绝顶聪明的人，学习能力超强，会各个地方的方言。他每次在火车上问人家是哪儿的人，人家一说是哪儿的，他就说“我们是老乡啊”，然后开始说那个地方的方言，竟没人不信。

他是一个学习高等数学和理论力学的“学霸”，同时也是一个标准的票友。家里一书柜的京戏磁带，《乌盆记》《望江亭》都是他的最爱。每天傍晚时分，他都要扯着嗓子吼半个钟头，美其名曰“练嗓”。同栋楼都是他大学的同事，让我百思不得其解的是，他们不仅不投诉父亲的噪音污染，竟还十分欣赏，每年学校的迎新会都推荐他上台表演。我家阳台斜对面是一所小学，有天傍晚，我在学校里跟小伙伴们玩捉迷藏，我躲在一堵墙后边，忽然传来一嗓子“猛听得金鼓响画角声震，唤起我破天门壮志凌云……”吓我一跳，于是我探出头向对面家里阳台怒吼了一句：“林树国，你小声点儿！”然后，我就被小伙伴发现了……

父亲每晚都在家看书、写信、写文章，很少出门。我去学校上晚自习，有时候下课已经 9 点多了，走到楼下，抬头看看三楼他房间里那盏昏黄的台灯，心就定了。大家都在家的日子，我房间一盏灯，他房间一盏灯。他有时会走到我房间来看看我在干吗，我那时候还嫌他烦，说你别老过来，因为我有时候在看漫画和星座书。

这几年我也开始听京剧了，有时会不自觉地哼两段。朋友听到都问我发什么神经，我笑笑说他们不懂欣赏。我间歇性地会想起当年如果我劝父亲不要洗冷水澡，多穿几件衣服就好了，所以现在母亲血糖高还吃甜食时，我就吓唬她说：“你再这样，我就不管你了。”

我不止一次地做一个梦，梦里我站在南方的家楼下，夜晚，四下漆黑，我抬头，看见三楼父亲窗口那昏黄的灯光，血液冲上脑门，我狂奔上楼，像一头猎豹冲进父亲的房间，一个熟悉的背影正在伏案写字，我狂喜，大声哀号："爸——"父亲转过身，摸摸我的头说："小鬼怎么了？爸只是去旅行了啊！"我抱紧他，哭得撕心裂肺。每每这时我就醒了，浑身大汗，喉咙干痒，摸摸枕头，湿的。

送别

父亲的生活习惯很好，每天早晨六七点起床，然后出去跑步、骑单车或者游泳。所以，我从来都没想过他的身体会出问题。甚至在他因为胃结石动手术之后，我依然没意识到他的身体越来越差。他跟我说，这只是小手术，就像小孩子感冒打针一样，不足挂齿。

我相信了，我比任何人都相信他的话。

直到那天早上我看见他躺在床上一动不动的时候，直到他没有给我准备前一天答应好的早餐的时候，直到我趴在他胸口却完全感觉不到他的心跳的时候，直到医护人员跟我说他前一天晚上已经走了的时候，我再也不相信他了。

父亲出殡那天，天特别冷，我跟着学校给他安排的车，来到殡仪馆做遗体告别。我看着他躺在透明的玻璃棺材里，知道这就是最后一面了。他被推进焚化炉之前，工作人员告诉我："等会儿你爸被推进去的时候，你要大喊爸爸快走啊，这样你爸听见了才来得及跑，才不会被烧疼。"结果我什么都没喊，我心里一直在默念："爸你别走，爸你别走，爸你别走——你还欠着我的早餐，你晾在阳台上的衣服还没收，我还有好多道数学题不会解答，你说周末陪我去吃大餐，你还答应了带我去国外旅行啊……"

他喜欢旅行，他告诉我，读万卷书不如行万里路。每年的寒暑假，在回北京看母亲的途中，他都会带我搭着绿皮火车顺路游玩几个地方。一开始都是在福建到北京的火车路线上转车，后来越来越偏远，所以小小年纪的我，就跟着他走遍了大半个中国。那时候家里经济条件不好，我和父亲都是搭着绿皮火车穷游。有一次去杭州，住的是那种破旧的抗战防空洞。防空洞有一个大门，进去后是两个狭长的洞穴，男的一边，女的一边，里面都是钢丝床，墙上特别潮湿，还不时有滴答滴答的水声。过了 9 点熄灯，我用被子蒙住了头，有点儿害怕，心想这是什么鬼地方，再也不想跟他出来玩了。第二天起来去游西湖，时近正午，太阳炙热，蝉声喧嚣。我们在断桥旁的一条长椅上坐下，我很困，躺在他的腿上眯着，他就一直给我扇着扇子。微风送来湖里荷叶特有的清新气味，前一天晚上的小牢骚一下子都烟消云散了。寒山寺的青石台阶上，父亲牵着我教我唱《送别》，小小的人儿仰着头大声唱着。对一个孩子来说，送别是什么呢——仅是一支歌而已。

后来，2007 年，我跟几个同事出游，又去了杭州。晚上大家租了自行车绕着西湖转，风吹得人很舒服，我忽然闻到一阵熟悉的荷叶香气。一个急刹车，在断桥旁我看到了 10 岁时我和父亲坐过的那条长椅。没错，就是它。青山依旧，物是人非。

我去的地方越来越多。大理城，我在咖啡馆的墙上留下“爸，这里的云可漂亮了”的便签；西藏，我在海拔 4700 多米的纳木错湖畔望着星空默念“爸，哪一颗星是你”；洛杉矶，我站在餐厅的窗前跟空气碰杯，“爸，Cheers（干杯）”……嘿，爸，你看我是不是比你棒，我去了这么多你想去还没来得及去的地方，可为什么我好像有点儿悲伤？

父亲去世的第二天，隔壁的阿姨给我送来一碗西红柿鸡蛋面，热腾腾的。

我接过碗，没来得及说声“谢谢”，眼泪就不争气地掉进碗里，止也止不住。

夜里我不太敢在房间里待着，越待越闷，想着父亲可能会忽然走进来，问：“小鬼，你在干什么呀？”再也没人叫我小鬼了。想到这里我就哭，哭得都岔气了。我就跑去阳台透气，看见父亲晾在阳台上我一直没舍得收的衣服，仿佛我不去收它，父亲就有可能回来收它，但是不会了；然后我就看着楼下，黑漆漆的一片，想着跳下去算了，跳下去就不会那么痛苦了，终究是没胆。

我抑郁了很长一段时间，不想说话，无力，每天行尸走肉般上学、放学、吃饭、睡觉。晚上睡不着，吃安定片，第二天两腿发软、天旋地转，接着体重骤降，学习成绩一落千丈。

这种时候，谁都帮不了我，只能等着时间过去，慢慢过去。

几个月后，我在房间里整理他的手稿时，蓦然看到方方正正的字体，他在纸上这么写着：“一生坎坷，最幸运的便是有这个女儿……只希望她健康正直，待人宽容，做事认真，这样已是最好……”我泪如雨下。就那一下子，我忽然觉得不能继续消沉了，再这样下去父亲会失望的；就那一下子，我想通了。

打　工

安宁

父亲第一次跑出去打工，是被村里的代雨给忽悠去的。代雨去山西挖煤，回来大讲那边怎么能挣钱发财，父亲在一旁闲听着，不知不觉就被吹得天花乱坠的代雨给打动了，想着去赌上一次，发一笔财，然后回来做一些小生意，发家致富。在代雨的嘴里，山西遍地不是乌黑的煤，而是耀眼诱人的金子。而且挖煤还毫不费力，全是机械，人坐在干净的矿车里，按一下开关，就平稳地下到了矿底，然后吊车一启动，煤就全进了筐，人呢，好像就负责看着，装满了往外运输。那现代化的挖煤方式，让父亲觉得像共产主义一样，充满了希望的光芒。

父亲怀揣着一股子理想主义的激情，跟代雨上了路。临行前母亲蒸了一大锅馒头，让父亲带上。父亲就带了几个，然后信心满满地说：“等我回来，咱们天天吃面包。”

从此我几乎每天都站在巷子口，张望一下父亲来时的那条路。那条泥路的尽头，是一条通往外面世界的公路。代雨和像代雨一样外出打工的男人们，就是从这条公路上消失，然后将钱寄回家的，那么父亲肯定也会从这条路上带着面包回来。那时候我会昂首挺胸地在小伙伴面前炫耀面包的滋味，还有意无意地将父亲可能送给我的新文具带在身上，让小伙伴们看到了，发出一声声让我心满意足的赞叹。

我还时不时地在小伙伴面前炫耀，炫耀父亲出去打工，很快就要回来了，去打工的山西遍地都是黄金，父亲只是随便去捡拾一些金子回来。母亲也跟我一样，掩饰不住内心的喜悦，遇到去打工的，会变相地夸父亲一句："我们家那口子也出去了，年底回来，也不知会不会累瘦了。"别人听了，就笑嘻嘻地让母亲的虚荣心膨胀一下："哪会瘦了呢，都说山西挖煤的有钱得很，在外面吃得好喝得好，肯定变胖了吧。"母亲听了心里喜滋滋的，轻飘飘地回家做饭去了。

父亲在我和母亲这样朝人夸耀了半年之后，终于回来了。他回来的那天，毫无征兆，我和母亲吃完了晚饭，乘凉到星星稀了，便要关了灯打算睡觉。刚刚插上门，灯还没有来得及熄呢，就听见有人在敲铁门。那声音有些不太自信，很低，但非常持久，一下一下地，敲得让人有些心慌。母亲一下子从床上站起来，朝窗外看了看，当然什么也看不见。我给母亲壮胆，说："娘，我拿手电筒，跟你一块儿去。"我没敢说去看贼，尽管我心里其实怕得要死。母亲大概也怕吧，否则不会点点头，示意我跟在后面。

离门口还有几米远的时候，母亲用明显发颤的声音壮胆问道："谁？"门外的人停了片刻才小声回复道："我。"母亲有些犹豫是不是父亲，但还是走过去，从门缝里看了一眼外面的人。母亲打开门，看到父亲站在面前，还是不太能确定那个蓬头垢面、胡子拉碴的男人就是父亲，是我喊了一声

“爹”之后，母亲才忽然哭了出来：“你怎么混成这样了？”父亲没吭声，将门锁上，提着去的时候背的那个黑色的破书包，灰溜溜地进了屋。

母亲给父亲打来一盆水，让他洗漱。父亲好一番收拾，刷牙洗脸刮胡子，又将脏衣服给脱了，找出干净衣服换上后，才不耐烦地对一旁唠唠叨叨的母亲丢一句：“睡吧，我累了，明天再说。”

我和母亲一心一意期待的见面，当然不是这样的。在我们的想象中，父亲是荣归故里，而不是像现在这样破衣烂衫地走进家门。他还会用尼龙袋装满我叫不出名来的水果，给我买一堆漂亮的玩具，母亲的衣柜里，也会多出几件时髦的衣服来，让她在村子里走上一圈，收获一箩筐女人的啧啧赞叹声。而且父亲一定是在白天所有人都出门的时候，气宇轩昂地走进村子里的，而不是像见不得人的小偷一样，选择在夜晚溜进家门。

这些疑问，如今不用再问，也能从父亲落魄的容颜里窥出，这一次出门打工，父亲被人骗了。果然，第二天，父亲心情好一些了，才愧疚地将进了黑煤窑的事情讲给了我们。想着父亲差一点儿就丢了性命，再也无法回来，我和母亲心一软，也就原谅了他。但对夸耀山西煤矿的代雨，母亲还是狠狠地骂了一通，尤其在他登门看望父亲的时候，母亲差一点儿将他关在门外。

很久之后，父亲回忆年轻时峥嵘岁月的时候，我才从他口中听到关于山西的只言片语。父亲那时已经可以平淡地讲述这段经历，提及在煤窑里生活的艰辛：他推车俯冲而下的时候，差点儿一头栽进深不见底的煤窑里，再也爬不上来。讲述时，父亲的脸上看不出太多的难过。他甚至还轻描淡写地告诉我们，他和代雨逃票下车后，想去镇上澡堂里洗个澡，但捏一捏口袋里薄薄的一张纸币，还是忍住了。在临近村子的时候，父亲用那张纸币买了一斤橘子，放在了破旧的书包里。我没有告诉父亲那橘子的味道，我其实一直念念不忘——酸的，涩的，让人忍不住皱眉的，但我却努力地吃了两个橘子，并咧开嘴巴，告诉父亲“橘子真甜”。

父亲再想起打工这一档子事来，已经 50 多岁了。只不过，这一次打工是在县城，而不是遥远的山西。那时村子里早已有了萧条破败之气，很少有人再靠种地为生，大家都像候鸟一样，种完地便离开了村子，去北京、上海或者广东。有的为了儿子能有个媳妇，跑去城郊买一套小产权房，而后骑着三轮车到城里去做生意。更有人直接将地给了别人，全家都搬迁至县城。父母始终舍不得将 7 亩地扔掉，也就开始了在县城租房子打工的两地奔波的生活。

父亲做的第一份工作，是在园林所里打扫卫生，工作看似清闲，却没有多少时间可以回家劳作。后来无意中他帮园林所疏通了一次下水道后，便走上了专门帮人疏通下水道、更换马桶的路。这条路不需要老板，不需要多少技术，只要有体力、有耐心、有吃百家饭的勇气，能够将写着手机号码的小广告贴遍大街小巷，让人能够一眼便可以窥到，而且城管还无法将号码给刮下来，那么就能够在县城里时不时地有活可干。当然，有时很忙，东奔西走，一天能将县城绕好几圈；有时，却一整天两个手机都静悄悄的，枯坐着让人等得心烦。母亲是急性子，在家里看着父亲无所事事，常常会着急，做饭也做得没有心思，一不小心，就将饭烧煳了，或者心不在焉地放了两次盐在菜里，让父亲呸一下吐出来，骂一声娘。母亲也毫不示弱，这样便免不了战争。

那时的我，已经在读大学，可以免去听他们毫无意义的争吵。只是苦了正在县城借读初中的弟弟，在租来的狭小的房子里，他不知道是该劝阻还是保持沉默，最后看着战争有升级的趋势，他也就只好躲出去，沿着墙根一直走，走到一个养鱼的大水塘附近，在垃圾堆旁边坐下来，看着浑浊的水发呆。偶尔，有小混混会来诱惑弟弟加入帮派，弟弟为人老实，怕，跟他们敷衍几句，就匆匆走了。最后走来走去，发现没有朋友可找，只好在租来的破旧的房子门口坐下来，看着天空发呆。

这样的生活，在父亲的努力之下，慢慢有了改善。5 年以后，父亲便凭借着自己的努力，在县城买了一套二层的小产权房，全家人自此在县城立了足。这时的父亲，打的工更杂，只要挣钱，他什么都做。他帮人修过水龙头，搬运过东西，改过下水道，安装过马桶，收购过废纸。他从来不嫌弃那些工作太脏太累。因为在城里买了楼房，便被村人嫉妒，村人嘲讽父亲“干的是挖厕所的臭活”，遇到父亲还故意做出掩鼻而过的动作，但是父亲只是笑笑，什么也不说，继续在县城里打工。

吃百家饭，免不了要和形形色色的陌生人打交道。我想父亲这一生结识的人，大概比走南闯北的我结识的还要多。他遇到过小气的中学老师，好心的退休老太太，吝啬的饭店老板，善良的小姑娘，也遇到过欠工钱不给还狗一样冲他咆哮的包工头。父亲很少跟我提及这些或许让他感觉屈辱的经历，他只是回到家，将安装完马桶的手洗得干干净净，便一脸倦容地吃饭，或者休息。

只是有一年，弟弟着急中打电话向我求助，我才知道父亲在县城打工原是这样不易。一个做工程的无赖，欠了父亲疏通下水道的 3000 多块工钱不给，父亲在 1 年后上门讨要，那无赖矢口否认，还找来两个小混混，当场给父亲一记耳光。母亲闻讯后跑过来，本想着帮父亲讲理，却让那小混混拿起棍棒照头劈来，母亲一下子被打晕在地。父亲很快报了案，但公安局不作为，一个劲儿推脱说找不到那个连父亲都不知道名字的无赖。无助之下，弟弟找我，我震惊又心疼，找了一个有亲戚在公安局的同学，帮忙催促办理此案。当我告诉父亲，事情会很快解决时，他却装出无所谓的样子，说："没事，别操心了，你忙你的。"我差一点儿哭出来，想要指责父亲为何一定要找无赖要钱，而且这样的活原本可以不做，可是想想父亲那时一定不想让任何人看到他的尴尬与难堪，也就忍住了眼泪，和他一样，假装事情并不重要，安慰几句，就匆匆挂了电话。

最终，父亲熬不起打官司的费用和精力，只能同意让弟弟花 3000 块钱，雇来县城一个专门负责帮人讨债的人，去无赖那里讨来 10000 块钱医药费，私了了此事。这些都是后来弟弟告诉我的，父亲对我只字未提，我也从来不去问父亲与这件事情有关的更多细节。我们心照不宣地选择了回避，好像那是一块伤疤，只要提起，就会有重新揭开伤疤撒上一层盐的疼痛。

我想，在天南海北打工的人们，他们一定有和父亲一样疼痛而屈辱的经历，只是，他们也和父亲一样选择了沉默，只将那光鲜的一面展示给人。就像那一年父亲从山西逃回家里，选择了在镇上躲过白天，趁着夜色才悄悄溜回村子里一样。

我要为你建一座花园

禾素

一

房间的抽屉里，一封遗书静静躺在里面。

想象不出父亲写它时的心情。信纸很薄很轻，拿在手中，如铅般沉重。

寥寥数语，以“女儿们”开头，简单交代了后事。看到最末一句：“我走的时候，请将伙食搞好，让前来送行的亲朋好友满意而归。”不知为何，我忽然笑了。这就是我的父亲，一生只为别人着想而总忘了自己。他甚至将与人世作别的葬礼，当作自己远行前的一场盛宴。

高大俊秀的父亲并非土生土长的小城人。当年到外祖父家拜会长辈，报称祖上曾是做生意的，父母早逝，中学毕业后孑然一身，从家乡来到小城搞土改参加革命工作。

那个年代能读到初中毕业已算是相当稀罕，据说外曾祖父见这个汉族小伙子长得白净斯文，又有文化，看来从前家境也不错，跟自己的孙女应该合适，而且无父无母，孙女嫁过去就不会受婆婆的闲气。再加上父亲手脚勤快，很会笼络人心，因此除了母亲一人，家里大大小小全都对他赞不绝口。

母亲在大家庭的压力下被迫嫁给父亲。据说母亲出嫁的头天夜里，母亲心仪的项姓傣族小伙在外婆家对面的竹楼上，唱了一晚上的情歌，歌声哀怨凄婉，爱意绵绵，把母亲的心都给唱碎了。

汉族与傣族的婚姻当时并不普遍，文化差异、思想迥别、生活习惯、饮食习惯、语言障碍等诸多因素困扰着他们。这段婚姻终于在我 14 岁那年宣告结束，母亲从如花的年纪开始，忍受了父亲醉酒发疯打人的折磨 22 年之久后，终于拿出了这辈子最大的决心和勇气提出离婚。这一桩离婚案的判决，在 20 世纪 80 年代初期那落后的边境小城，掀起了轩然巨浪！

我始终相信父亲是深深爱着母亲的，但是因为从来得不到母亲热情的回应，他在那种冷漠的婚姻罩子里彻底崩溃，变成了一个歇斯底里的醉汉。而神奇的是，一直不肯在离婚协议书上签字的父亲，因国家对少数民族的保护政策被法院单方面判决离婚之后，痛哭一场，从此滴酒不沾。

二

前年送母亲从我们这里回家乡，我的一句玩笑话竟然圆了父亲一辈子的梦。我问母亲：“你回小城之后，我走了，行动不便的你怎么生活？”母亲看看我，没说话。我说：“不如索性搬到父亲那边，相互有个照应，再好好找个保姆照顾你们，那样就完美啦！都大半辈子了，您该不会还放不下吧？”

母亲这回竟然想都没想，轻描淡写地说：“好啊，那就搬过去吧。”我以为听错了，再问一遍，还是答说：“好啊，那就搬吧。”

母亲顶着家族的压力，顶着小城里风言风语的压力，坚决地说了句：“我都这把年纪了，我要过自己想过的生活，谁也不能阻止我！”辛苦了一辈子的父亲已经偿还了他的债，终于在与母亲分离了28年后等得母亲归。

住在同一屋檐下的父母，不像夫妻，倒更像老朋友，嘘寒问暖，聊着张家长李家短。看着父亲对中风后行动不便的母亲无微不至的照顾，听着母亲孩子一般快乐的笑声，一种遗失已久的温暖在我心里慢慢发酵。

母亲前往美国定居的签证忽然在此时获批，消息传来，父亲的眼神有些慌乱。一向冷漠的母亲忽然温柔地对父亲说：“你呀，要好好保重身体，等着我回来呀！到老大那住1年我就回来。”父亲眼泛泪光，默默地拍拍母亲的手。

三

久住的病房成了父亲第二个家，他送走了一拨又一拨的病友。

整个下午，我静静安守于父亲床前，父亲浅睡时，为他诵经。黄昏来临，父亲无食欲，我便读书给他听。立春以来，父亲的状况愈加不好，病魔是如此可怕，而更为可怕的是一个人精神的自毁。这个昂首挺胸走进病房的男人，躺倒在窄窄的病床上之后，意志力竟可怕地消失殆尽。从一开始手脚不会动弹、无法进食，到大小便失禁，整整一个月时间，我威严的父亲已经脆弱得不堪一击。

我细心地为父亲洗了脸，再清洗那似乎怎么也洗不干净、积满厚厚茧子与污垢的脚丫。父亲微闭双目，不吭一声，偶尔会抬眼瞅瞅他的小女儿，满怀歉意却又无可奈何地咧嘴笑笑。我为他洗完后，给他脱皮的脸以及干裂的双脚全抹上护肤霜。父亲在病床上有气无力地喊：“不要抹了，不要抹了，搽那么漂亮干什么，反正都出不去了。”我嘴上笑着说“不许乱讲话”，暗地里却背过身努力睁大眼睛，好让眼眶里打转的泪不会掉下来。

父亲忽然寻找他的拐杖，躺在床上神情凝重地握住，眼睛看着窗外的远方，轻轻地一下一下敲打着地面，也一下一下敲打着我们疼痛的心。我知道拐杖此刻便是父亲的双脚，一步步迈向远在异国的母亲。父亲竟然哼起了一首老歌：“横断山，路难行，天如火，水似银……战士双脚走天下，四渡赤水出奇兵。”旁边的俩老头也来了精神，跟着合唱起来。

不晓得远方的母亲，能否听到家乡那个老头子，于病房内拄着拐杖如此艰辛却又情深意长的歌唱?

四

午夜的病房，刚被抢救过来的父亲又沉沉睡去。医生问我，倘若危险再现，要不要选择让父亲插喉救治。

我平静地回复年轻的女医生：“不，我会带父亲回家，让他安心且有尊严地离开这个世界。”

女医生的眼神有点儿复杂，她看看我，点了点头，随后拿起一堆同意书让我签字。她伸出手，向我表示她的敬意。

凌晨 4 点，父亲忽然清醒过来，面色也似乎转向红润。他先是睁大眼睛四下里看，好像在找寻什么，目光最后停留在我身上。看着忽然精神奕奕的父亲，我满心欢喜！他不再是记忆中那个严父，就在此刻，他满眼慈爱地凝视着我。我惊喜地握住父亲的手，正想说话，他却伸出手，慢慢抬至我的额前，猝不及防地，在我早已不再年轻的面颊上轻轻拧了一下。我竟是一愣——父亲一直严厉，从没有过如此温情而又俏皮的举动。父亲紧接着小声说了句："三三，你辛苦了。"把头埋在父亲枯瘦无力的手掌中，我终于忍不住泪如雨下。父亲在生命的最后时刻，给了他人到中年的小女儿一生最高的奖赏，更赐予她一段生命中最温暖的记忆。

父亲的眼光忽然转向屋顶，一只硕大的黑色蝴蝶不知何时闯进寒气逼人的病房，正扑扇着翅膀上下飞舞。我与父亲两手相握，默默凝望着神秘而至的黑蝴蝶。难道这就是传说中的祖先，前来迎接父亲到另外一个世界？

五

薄雾。小城。柚木树。

老庭院。阳光。寺庙。

母亲的轻愁与笑。

旧居。瓦罐。丁香花。

玫瑰床单。泛黄墙纸。安静素颜。

整整一年，恍然如梦。

我拿什么来祭奠你，亲爱的父亲？

此刻你立于高山之巅，远远看着那异国归来步履蹒跚的老妻。

你只是观望，并不召唤。你后半生的时光都用来等待，此刻你还在等。

为你建一座花园，我们要为你建一座花园。女儿们曾这样说。

如今，在那高岗上，紫色的簕杜鹃开了，坚果树长高了。

而洁白的柚子花，春天来了，它们很快便香溢四野。

不是每一个父亲都那么伟岸

潮汐

没出息的老幺

兄弟姐妹 6 人，他是老幺，算得上聪明伶俐，却不是最吃苦耐劳的。

他一生命运的悲苦，皆因娶了一个不会持家且胆小怕事的妻子。妻子年轻的时候很爱打扮，20 世纪 70 年代初就烫着大波浪，穿红色的细高跟鞋招摇过街。在一个以朴素著称的年代，他觉得丢人，就偷偷扔掉那些过于时髦的衣服和鞋子。她不挣钱，对钱也没有什么概念，吃剩的东西总是倒掉。如果有马戏团来村里演出，她就一口袋一口袋地送粮食给人家。村里人都说，她是个“败家婆娘”。

他却没出息得要命。她倒掉的东西，他偷偷地捡回来，传出去，小气得出了名，连他的父母都憎恶他。尤其有了 3 个孩子之后，他更恨不得一分钱掰成好几份花。

在这个大家庭里，他是最没地位和面子的那个人，几乎到了不分任何场合就被父母训斥的地步。

对妻子变得粗暴无礼

别人家的日子越过越好，他的日子越过越难。气急了，他也骂自己的女人“败家婆娘”，要跟她离婚。妻子不服软，说离就离，扔下 3 个孩子就回娘家了。

第二天，他带着 3 个孩子去接她，恨恨地说：“你这个疯婆子，我就不信你离开孩子能活下去。”女人哭哭啼啼跟他回家了。

若日子就这样过下去，倒也罢了，偏偏她出了问题。那年她被村里一个恶霸欺负，恶霸追着打她，她从村东跑到村西，又从村南跑到村北，最后藏到一个麦垛里不敢出来。他回来后要去找恶霸算账，她泪流满面，跪在他面前不让他去，说村里没有一个人能打过那人。那以后，她的精神出现了一些异常，没事的时候跟正常人一样，一旦犯病，就觉得满世界的人都追着她打。

当她疯疯癫癫、举止失常的时候，他就不让她出门。尔后，他发现，只要他大声地训斥她，她就能安静下来。可是，别人不明白，他怎么一夜之间就变成了一个暴跳如雷的男人。

孩子们渐渐长大懂事，他们看到的景象也是：父亲对母亲的粗暴无礼，母亲对父亲的唯命是从。

孩子们看不懂的父亲

有时候，他也想过带妻子去看精神科，但他怕被周围人指指点点，他怕那些杀死人的唾沫星子。因此，在妻子不犯病的时候，他总是加倍地对她好。孩子们反感父亲的喜怒无常，每当他发脾气的时候，就一起攻击他。

他实在受不了的时候，就去母亲那里哭上一阵。母亲不知如何劝慰，便陪着他一起哭。6 个孩子中，他的日子过得最艰难，当娘的也心疼。

不是从来没有过离婚的念头，他也发着狠说过不下一千次离婚，也曾闹到法院上去，但每次气消了便不忍心再欺负她。算了吧，哪个家庭，不是一个哭的拉着一个笑的。

委屈一直存在，吵闹自然少不了。他在她面前，十足的大男子主义，甚至到了筷子不摆好不吃饭的地步。有什么不可以吗？同学们哪个找的老婆不比自己的好，我不抛弃你，已算仁慈了。她听任摆布，也心甘，没想过另一种人生。大女儿却看不下去了，在别人家里，女人总是很耀武扬威的，自己的母亲却像个奴隶，她气极了。大女儿就对父亲说：“再这样下去，我就带着我妈离家出走！”

一辈子的铁公鸡

孩子们眼里，他是母亲的霸王。孩子们不知，他的威严都是装的，其实，他有很多担忧。他怕死、怕痛，怕过吃了上顿没下顿的日子，怕生活中的各种意外……

一份微薄的收入养一个家，他只有精打细算，存点儿钱也东躲西藏，买东西和人家讨价还价半天。他太抠门了，孩子们叫他“守财奴”。

就是这个“守财奴”，供 3 个孩子上了学，用从牙缝里省出的钱买了一套房，让一家人住上了宽敞明亮的房子。

孩子们参加工作后，都会给他交点儿生活费，他就拿这个钱去还账、理财。家里多了 3 个人挣钱，日子就好过多了。他开始承担起大家庭的责任，老父老母的医疗费基本就是他和二哥两个人出的。但在许多小细节上，他仍然是很小气。他的第一标准是先吃好，有条件的话再讲究穿，那些乱七八糟的东西能不买就不买。别人说他："你拿这么高的工资，还活得像个铁公鸡，你一辈子能快活一回不？"

他说："怎么快活？总得拉扯这娘几个过下去，人生无常，谁知道明天会遇见什么事？"

能承担母亲人生的，只有父亲

他的风险意识贯穿他的一生，他不在乎别人怎么说他。让这一家人好好地活下去，是他唯一的准则。

他的一生是操心费力的一生。当吃穿不再成问题的时候，儿女们的婚事又个个不让他省心，没一个不让他着急上火的。然而不管怎样，3 个孩子都结了婚，都有了孩子。他总该喘口气了，谁知道这个时候，一辈子没生过大病的老妻竟一病不起，生活几近不能自理。

女儿将母亲接到自己家里照顾，不过 3 天的时间，母亲就吵着闹着要回去。第一，她觉得住女儿家别扭；第二，她挂念老伴儿。他把老妻接回家自己照料。二女儿哭肿了眼睛，她确实没太多精力照顾母亲。少年时她发誓孝顺母亲，要带她远走高飞。其实，能承担母亲的人生的，只有父亲。这个问题，直到他们自己当了父母才明白。

这些年，他在孩子们心里的形象一直不够伟岸。年幼时，他们觉得他抠门儿；稍大一些，觉得他粗暴；青年时，觉得他迂腐；中年时，觉得他不够豁达……他在孩子们的心里从来都不是一个成功的父亲，周围人也觉得他不像个爷们儿。

细想起来，他确实是个小人物，但至少，他没当生活的逃兵。

医生的爸爸

爱玛胡

我一生最痛苦绝望的时刻，就是我爸临终前的那个晚上。我陪在他身边，知道他正在死去，我痛不欲生，却完全无能为力。

爸患肝癌，基本上，从确诊起我就没有抱过他能康复的希望。家人曾经考虑过为他做肝移植，本地区做肝移植手术最好的医生在我上本科的时候教过我，我找到他。他看过病历，沉吟了一会儿说："如果你是我的病人家属，我会让你自己决定；但你是我的学生……别让老人家遭罪了。"

就在他的办公室里，我泪如泉涌，还是哽咽着说："教授，谢谢您。"

那几个月，真不是人过的日子。爸一直状态平稳，心态乐观，妈和姐妹们看他这样，也都渐渐放松下来。有时候，大家在一起，还会讨论"等爸病好后去哪里玩"的话题。我不知该说什么，我能说什么？

终于到了那一天，爸突然昏倒，送到医院后发现：肿瘤已经破裂了。

到那时，我才终于带家人去主治医生那里，让医生跟妈妈说："病人已经危在旦夕了。"我自己没办法说出口。

虽然姐妹们早知道病情，但她们好像都没听懂医生在说什么，妹妹问："这是什么意思呢？"主治医生是我同学，他先看了我几眼，才说："这个意思就是：你们的父亲，可能随时会去世。"

我妈不敢相信地问我："他说的是真的吗？"我猛地发起脾气来："不要问我，我不知道。"我多希望我是真的不知道呀。从她们的眼睛里我看出来：她们，万分震惊地，信了医生的话。

爸醒过来，已经是傍晚，他招呼妈和姐妹们先回家休息："你们明天再来看我。"她们不肯走，我劝她们："陪护病人是个持久战，没必要疲劳作战，明天再来吧。"她们留在这里也没用，只是徒耗心神。大家都觉得有道理，还在爸的病床前拟定了一个简单的陪床方案，明天后天，谁来值班。

只有我心里明白：爸，没有明天晚上了。

那个晚上，病房里就剩我和爸。他渐渐入睡，不，是进入临终前的昏迷，偶尔还会醒，模糊地说几句话。我凑近问："爸，你说什么？"他像没听见我说话，头一歪又昏过去了。

我知道他什么也没说，这只是谵妄状态，爸已经神志不清了。

我想哭，又不敢大声。我怕爸听见，他还有残存的知觉，我不想让他在最后的时候难过。我知道他正在慢慢地、一点一点地死去，每一个症状我都在无数病人身上见过，而我一点儿办法都没有。如果能救他，我恨不能自己死。但就算我死了，他也活不过来了。

一辈子，就是那个时候我痛恨我是医生，我是多么无用，连自己的父亲也救不了。既然这样，我学医干吗？索性什么也不知道，能一直自欺欺人也好呀。我恨我只是个半吊子医生，我要是一个能妙手回春的好医生多好——我知道那种医生不存在，医生只是医生，不是神。

我只能拼命地不让自己哭。

第二天早上 7 点多钟，妈妈和姐妹们都来了。爸还有迷迷糊糊的意识，他最后喝了一口妈给他煮了一夜的绿豆汤，走了。

再见，爸爸

和菜头

今天父亲下葬。

电话在周一上午 9 点打来，我在上班的路上。铃声响起的时候，我知道该来的终于来了。在这一天到来之前，我祈祷过，幻想过，我甚至在街头尽可能避开一切花圈店、寿衣店。但是没有用，电话在周一上午响起，那不是家人会来电的时间。

我乘最早的一班飞机回到昆明，进了家，父亲已经变成了一张黑白照片。他严肃地看着我，像是在问：为什么又被老师留堂了？在过去 10 年间，他是客厅里坐在轮椅上的一个背影，无声隐没在电视节目斑斓的光影之中。现在，他成了某种以蜡烛、青香、鲜花为食的存在，终于转过脸来和我对视。

父亲生于 1937 年，属牛，白族，家在怒江地区松柏乡，是家族里第一个大学生。如果不是上大学的话，他会是村寨中一名出色的猎手。小时候，巫师为他打卦算命，说是将来会远离祖先的宅基地。奶奶非常担忧，巫师解释说，也许是去汉地。

他的第一站非常遥远。因为修的是物理系核物理专业，他一毕业就被征召入伍，前往新疆戈壁中的核物理研究所。记得他说过，新兵从西安集结出发，坐在闷罐列车里一路西行。没有人告诉他们要去哪里，也没有人告诉他们还要走多久，只知道每次下车休息的时候，景色越来越荒凉。最后，举目望去竟然四野无人。父亲说，有一次见到一根电线杆，上面还留有工人的油泥手印。那是进入戈壁之后唯一见到的有人类活动过的痕迹，于是他抱着电线杆失声痛哭。

父亲从来不是一个坚强的人。

进入研究所不易，出来更难。他拒绝了由组织上介绍对象，坚持要回云南自己找。我猜想他没有一天喜欢过戈壁，他还是喜欢崇山峻岭、大江奔涌，喜欢将赤裸的脚板踏在熟悉的红土地上，所以，他坚决不肯断灭了回家乡的任何希望，哪怕因此要在戈壁里孤独很多年，哪怕在家属区炊烟袅袅的时候，独自返回单身宿舍楼自己做饭。

父亲在 39 岁那年有了我，我是头生子。

我出生不久，父亲就把我带去了戈壁，说是不放心母亲带。从此，他和我走遍大江南北。他到哪里，我就跟到哪里。在武汉，在北京，在西安，月台上多了一个抱着孩子的军官，一边肩膀上趴着一个皮猴一样的男孩子，另一边肩膀上挂着孩子喝奶用的奶粉、煤油炉。父亲回忆说，每次他去买票的时候，就让我在一边守着行李。每次回来的时候，就看见我死死守住行李，对周围叔叔阿姨的逗弄不假辞色，寸步不离，宛若忠狗。

今年我 40 岁，父亲在 11 月 22 日过完了 78 岁生日。那天的生日祝福，是妈妈转达的。他已经不会说话了，我多聪明啊，当时我是那么觉得的。

我见父亲哭过两次。第一次是我叔父去世，他哭着说自己对弟弟不够好，小时候骗弟弟去晒豆子的席子上，眼睁睁看着叔父跌跤。原因也很简单，他觉得奶奶爱叔父远甚于爱他。第二次是因为我，初中的时候，我满身出现紫癜，他以为我受了核辐射，得了白血病。我被送去陆军总医院做血检，他站在走廊一角向隅而泣。他以为我不知道，其实我都看到了。

他不知道其实我记得，那一天他冲进幼儿园，抱起3岁的我，冲到乌什塔拉小红山基地的四层楼顶，让我看蘑菇云在山那边升起，然后跳进楼里，让我看冲击波到来时疯狂震颤的窗户玻璃。他永远也不会知道，他给予了我对北方最早的记忆，让我在很多年前就相信，我一定会回到北方，再次看见雪花撒落在我的棉袄上。终于有一天，大雪在北京纷纷扬扬撒下。唯一的区别是，我身上穿的是自己买的羽绒衫，不是他一针一线为我缝的小棉袄。

父亲不会知道这一切，我们已经有10年不曾说过话。

我有许多理由不喜欢父亲。我不喜欢他性格中的柔软和悲观，我不喜欢他陷入人生低谷便不再振作，我不喜欢他沉溺于酒精和电视节目，对一切命运的安排逆来顺受，我不喜欢他所有的放弃。我们争吵，我们敌视，我们分开后许久不见，我们再次相逢时无话可说。父亲默许了我的一切胡闹，他强烈地批评了我的每一次人生选择，却在我工作11年后辞职离开国企做个北漂时不发一言。他沉默如磐石，我变动如流水。而无论是磐石还是流水，从史前开始，无论时间之雨如何冲刷，从来寂静无言。

父亲从火化炉里出来时，只剩下雪白的灰。所有亲友都被我安排下山吃饭，当时只有我和他两个人。曾经我想过这一幕，于是浑身战栗，口干舌燥。我看着他被烧成灰烬，我等着他慢慢冷却，我站在一边等着入殓师把1.75米的他装殓进一个小小的花梨木盒子。我觉得这一切荒谬无比，正如我坐在火化车间外面等他，骨灰颗粒顺着烟气上升，又打落在我的头上，落在我的衣襟深处。我看见流云如奔马一样从头顶掠过，天空阴了又晴，觉得是他在轻轻敲打我的头。那一刻，我心底澄明，没有任何恐惧。

也许，我的批评是对的，父亲这一生随波逐流，从未争取过任何改变自己人生的机会，可是，我并不曾如他那样在丛林里做一名猎手，带着猎犬交错出击，追击 50 公里直至野猪倒地毙命。所以，我也无法理解一名 19 岁的山民突然被运送到戈壁时内心的震撼，对命运的敬畏，以及把返回家乡作为执念。在我们最亲近的时候，他带我踏遍基地周围的山岭，教我认识每一种植物和学习每一种求生的方法。那是记忆里他最快乐的时光，看着我一个人攀上绝壁，是他最骄傲的时刻。“那是我儿子。”我听见他在山脚下大声对同事说。

在整整 7 天里，我没有落过一滴眼泪。我的一位朋友告诉我，她也曾有过相同的经历——对自己父亲过世没有任何的情绪流露，如同操作一个具体的项目，入土为安，一切得体而妥当。一直到了很久之后，她在北京城里开着车，突然有那么一个时刻，在某个街角，悲伤毫无征兆地悄然袭来，一下子把她打得粉碎。她一脚刹车，一个人在车里失声痛哭。

爸爸，我在等着那个街角。

落在父亲生命中的雪

熊荟蓉

“落在一个人一生中的雪，我们不能全部看见。每个人都在自己的生命中，孤独地过冬……”

这是新疆作家刘亮程在《寒风吹彻》里的一段话。父亲节来临之际，它催生了我潜藏的泪水，将我带进那久远的艰难岁月，也让我分外清晰地看到了那些落在父亲生命中的雪。

查出患心脏病和高血压时，父亲才 30 出头，那时我刚上初中。那时候的秋天好像特别冷，9 月一开学就需穿上夹衣了。我每周都要穿过四五里长的田间小路回家，带着一罐头瓶腌菜和 5 毛零花钱返校。

开学不久后的一个周末，我回到家，意外听到母亲边哭泣边说：“你这病要长期吃药，又不能负重，卖棉花的白条不晓得哪天能兑现，我看就让蓉儿去学裁缝吧。湾子里就她一个姑娘在读书了……”

父亲的声音干脆利落："蓉儿聪明，是读书的料。这话以后不要再提。我这病一时半会儿也不会要命，咱们悠着点儿，日子能过得去的……"

我装作什么也没有听见，径去厢房找饭吃。只是后来在返校时，拒绝接受父亲递过来的 5 毛钱。父亲没有勉强，他默默推出自行车，送我上学。

乡间土路，逼仄坑洼，一边是水沟，一边是田地。自行车买回家才半年，父亲车技不佳。我在车后座上摇晃，提心吊胆。

过谭湖段时，猛一阵颠簸，父亲和我连人带车翻到田里。我只是被稻草扎了一下，并无大碍。父亲却歪在车下，挣不起身子来。

在我的帮助下，父亲才重新站起来。他拍拍身上的泥土，有些尴尬地笑了笑，随即提出要我坐在车上，他继续推车行进。

我说学校快到了，你先回去吧。他没有坚持，叮嘱我好好念书，就调转车头。

绚烂的夕阳余晖中，他摇晃在自行车上的黑瘦的背影，显得那么单薄而苍凉。我不忍看第二眼，铆足劲儿朝学校奔跑。

回到学校，在书包的夹层里，我发现了被刻意藏着的 5 毛钱。每周的这 5 毛钱，是用来补充维生素的。

那时候，我们自己淘米，用铝盒煮饭吃。下饭的菜，就是从家里带来的酱萝卜、洋姜、霉干菜之类。条件好点儿的学生，可能会带些榨菜炒肉、干鱼什么的。父亲说光吃腌菜不行，要我打点儿青菜，补充维生素。

5 分钱一个的青菜，我本来就舍不得买，这时更不会了。我的零用钱都花在了买纸笔和蜡烛上。晚自习下课后，教室就停电了。还想学习，就只能点蜡烛。一支蜡烛 8 分钱，能点两个晚上。

直到现在，我都记得蜡烛那淡淡的熏香味，记得镜子里那黑黢黢的鼻孔，记得考了好名次后老师那高分贝的表扬声，记得同学们羡慕和嫉妒的眼神。

说到底，那时我更沉浸于小我的感受，并深以自己的刻苦努力为荣。当我朝着自己的目标坚定奋斗的时候，我看不到落在父亲身上的雪，那沉甸甸的雪。

又一个周末回家，见到一脸苦相的大舅正在堂屋里跟父亲说着什么，之后，父亲踅回房里拿出一张条子交给他："这是 150 块，你先对付一下。以后，不要再赌了……"

大舅走后，母亲嘟哝开来："我们的日子都愁得没有法子，你倒是会做好人，给他钱，丢到无底洞里……"

父亲沉下脸来说："你忍心看着你兄弟被别人下胳膊下腿吗？他求到我们这里了，总不能让他空着手回去。"

然而，父亲的不忍，终是将自己拖进了更深的冬天。那时候，除了田地的收入，我家再没有其他来钱的途径。家里意外支出的这 150 元钱，只能通过精打细算、节衣缩食来弥补了。

那一个秋冬，我们连红薯和甘蔗都没有吃足，更不用谈鸡蛋和面饼了。所有能换钱的东西，都被父亲打进了算盘。

红薯和甘蔗都被择优下了窖，留待正月里卖钱。芋环、慈姑各留了两碗，用来招待拜年的客人。花生就炒了一筛子，过年塞了一下牙缝。元宵节，我们甚至连蒸肉都没吃一片。就是这样，我还是听到父亲对母亲说："我们只有 90 块钱了。"

记忆中，每年的元宵节晚上，父亲都要跟母亲交家底。在 20 世纪 80 年代初期，我们姐弟每学期的学费就得二三十元，还有种子、农药、化肥，以及三亲六眷的红白礼金，都是逃不脱的开支。我不晓得父亲是怎么用这 90 元让全家渡过难关的。

有一点可以肯定，父亲没有向别人借钱。

父亲外表瘦弱，骨子里却硬气得很。他一生都没有向任何人借过一分钱。家里造了两栋房子，都是把材料和钱攒齐了才开工。对家庭事务，他长计划短安排，从不打无准备之仗。后来，即使因病下了辞世的决心，他也是把自己的丧葬费用凑够了才离开。

父亲总是说："节省要从坛子口开始。"意思是等一坛子米快吃完了，再节省就没有用了。所以，我们吃过麦米粥、杂粮焖饭、高粱粑子，但我们家的大米缸从未空过。我们穿过补丁缀补丁的衣裤，但我们在冬天从未挨过冻。

我们生命的每一抹暖阳、每一缕清光，其实都是父亲用孤独的雪擦亮的。现在，当我为了给儿子买房，而甘愿长年累月地躬耕匍匐（在格子里），每天忍受十几个小时的煎熬时，我总是想起父亲，想起他为我们所默默承受的苦，那些不曾诉说的累，那些悄悄化掉的冰……

父亲，一直都在自己的生命里，孤独地过冬。落在他一生中的雪，今天，终于被我看见。

盖 世 英 雄

路明

你跟新来的体育老师打赌（你是语文老师），倒立绕 200 米操场一周。赌注是一礼拜的红烧肉。那时操场还是煤渣跑道，体育老师坚持了 50 米就放弃了。你颤颤巍巍，愣是没倒下。我在一旁给你加油，嗓子都喊哑了。终于“走”到了终点，你兴高采烈，高举着被鲜血染红的拳头。那一刻，我知道，我的爸爸是战无不胜的。

在你的安排下，我提前一年上了小学。记得那天下午，你骑着二八自行车带着我到了小学，只见老大一个操场，好多小朋友在玩游戏。咦，邻居家的小哥哥也在。我嘻嘻笑着，跑向小哥哥。不一会儿，铃声响了，所有的小朋友争先恐后地奔向教室，只剩下我一个人站在空荡荡的操场。我四处找你，你却不见了，当时我很想哭。一位年轻的女老师（后来知道她是班主任）走过来，把我领进了一年级二班的教室。

放学后，你来接我。没想到我跟着小哥哥走偏门，自己跑回家了。你到处找不到我，急得团团转，一路骑车喊着我的名字。天黑了，你失魂落魄地回到家，见我一本正经地在写作业。你举起拳头想揍我，又放下。我妈笑着说："你们爷俩啊，算是扯平了。"

后来，你教我骑自行车。刚学会的时候，我嘚瑟极了，噔噔噔骑上一个缓坡，然后松开刹车，闭上眼，俯冲，风在耳边呼啸。等我睁开眼睛，已经来不及了，连车带人结结实实地栽倒在灌木丛中。手臂和膝盖磕破了，脸上划出了一道道血印子。你站在我面前，用不容置疑的口气呵斥——不许哭，爬起来。我疼得龇牙咧嘴，硬生生地把眼泪咽进肚子。记忆中又添了一笔：不近人情的爸爸。

我小时候身体不好，三天两头挂盐水，一个月有一半时间请病假。而你，仿佛从来不生病，1.85 米的个子，走路带风。你无奈地叹气，说我怎么一点儿都不像你。许多次，我挂着点滴，望着住院部的天花板发呆。你陪在床边，板着脸，久久沉默。我想，你对我失望了吧。

小学五年级，你把我塞进校足球队，教练是你哥们儿。我是替补中的替补，每次跟着跑几圈，做做基本训练，然后就坐在场边捡球。那一天，你来看我们的训练赛，教练把我排进首发。我在场上基本就是个笑柄，控不好球，过不了人，传球偏得离谱，一丁点儿身体接触就踉跄倒地。我喘着气，假装擦汗，偷偷地瞄你。你站在教练身边，脸色铁青，一言不发。

我越是着急，越是失误频频。我哭丧着脸，跑去跟教练要求下场。你瞪我一眼，恶狠狠地说："给老子滚回去。"我咬着牙，强忍住眼泪。我用尽最后的力气，像疯狗一样奔跑，倒地滑铲，飞身拼抢，连滚带爬，居然还进了一个球。终场哨响，我拖着两条麻木的腿走向场边。我不想搭理你。你却笑嘻嘻地走过来，用手揉了揉我的头。

初中时，忘了是什么事惹你暴怒。你飞起一脚，把我踢翻在地。我蒙了，坐在地上，忘了疼，只是死死地盯着你。晚饭后，你硬拉着我出门，我冲在前面，头也不回。你突然紧走几步，把手搭在我的肩头。我感觉到你在颤抖。回头一看，你哭了。你哽咽着说："爸爸错了，其实爸爸也舍不得……"

我们的对话越来越少。我怕你，和你单独相处的时候，我浑身不自在。等上了大学，我几乎不给你打电话，虽然"爸"在通讯录第一行。后来加了个"阿依古丽"，我把"爸"改成"阿爸"，依然在第一行。有一回我忘了锁键盘，自动拨打了"阿爸"。你打过来，问我怎么了，声音异乎寻常地和蔼。我说没事。你沉默了一会儿，挂了。

我经常让你感到失望吧。生病，早恋，闯祸，奥赛落榜，说话结巴，没考上你心仪的大学，没拿过奖学金。直到有一次，你喝醉了，搂着我的肩膀说："知道吗，你一直是爸的骄傲。"

大四那年，仿佛是沉寂了 20 多年的基因大爆发，我开始疯狂地健身。我痛恨从前的自己，或许是潜意识里认为，这是我最后一次成为你的机会。我每天去健身房，不断给自己加码。一个学期下来，我的体重增加了 30 斤，当上了兼职教练。然而，由于长期的超负荷运动，加上饮食不规律，我的心脏出现了早搏。我妈红着眼，指着病历，气得直哆嗦："你……你怎么可以……这样不爱惜自己？"你安抚了我妈，又拉我坐下，跟我说了很多话。你说你当年是怎样的威风和虚荣，你说要合理搭配有氧和无氧运动，你说你在我身上看见了自己。那大概是我们之间第一次以男人的身份谈话吧。你翻出老照片给我看，年轻的你举着哑铃，炫耀着肱二头肌，跟我一模一样。

2014 年秋天，星野诞生。你高兴坏了，整天抱着他，眉眼间全是温柔的爱意。我妈揶揄你，说你偏心，当年对我就没这么好。你嘿嘿笑着，不回答。当然，我也不是个有耐心的爸爸。星野经常半夜哭闹，连着几次哄不好，我便气急败坏，揍他的小屁股。

有一次，我们推星野出去玩，他差点儿被一辆逆行的助动车擦到。我的血直冲脑门，两眼喷火，一拳把车主打翻在地，然后再次咆哮着扑上去，直到星野妈妈尖叫着阻止了我。那一刻，我想起了你。这世界上只有一个人，为我这般大打出手过。

奶奶跟我说起你年轻的时候。那时你还没结婚，风华正茂，任性潇洒，完全不是我熟悉的那样不苟言笑。有一次你偷偷骑出爷爷的“凤凰”，敞开衬衫，在田埂上飞飙。由于太过得意忘形，最后连人带车栽进河里。

十几年后，你站在我面前，威严得像一座山，用不容置疑的口气告诉我——不许哭，站起来。

我们都是平凡的父亲。这辈子，大概只有一次成为英雄的机会——在儿子的眼里。为他日夜操劳，为他怒发冲冠，为他冲锋陷阵，为他赴汤蹈火，为他壮烈地死去，为他卑微地活着。他不会懂得这一切。他睁开双眼，看见的是参天大树，是如日中天，是盖世英雄，是暴君。大丈夫当如是也。

有天晚上，破天荒的，你拉我陪你喝酒。半斤酒下肚，气氛活络了一些。你老了，两鬓斑白，皱纹横生，一身肌肉隐退，看起来居然有了几分慈祥。聊起我小时候的事，你说那次跟体育老师打赌，煤渣把你的手掌磨得血肉模糊，钻心地疼啊！你想放弃算了，去他的红烧肉吧，可是不可以，因为我在看着你。

你又说起送我上小学的第一天，你躲在柱子后面，偷偷地观察我，见我东张西望，然后咧开嘴，快要哭了，最后居然没哭出来。

你不知道的是，其实我看见了你。我是看不见你的脸，可我看见了你宽厚的肩，所以我才止住了哭泣。我转过身，噙着热泪，攥紧小小的拳头，一步一步走向教室。就像此后的一次次，我走向陌生的命运。

也许父子之间，注定会是这样的结局。在你的目光里，我渐行渐远，头也不回。因为有你，我才无所畏惧。

你是我的盖世英雄。

我那有缺陷的完美父亲

〔美〕莎伦·戴维斯
董晨晨　编译

我知道父亲是不完美的，他打我屁股的时候，往往是我没犯错的时候，而我该被“修理”的时候，他又将我缓刑处理了。他性情温和，偶尔发起脾气来却令人不寒而栗。我知道老爸所有的缺点，却没告诉他，因为我想告诉他他也听不进去。

他不完美，但是他真的很聪明。很小的时候我就在想，所有真正聪明的男人都会成为总统。我希望他成为总统的时候，我正好到了可以恋爱的年纪，我想这样我就能以总统女儿的身份出嫁了，白宫是多么适合举办婚礼庆典的地方啊。但是父亲自有他的计划，“你结婚的时候正好可以用上这个”，他指的是那把为了刷房子才买来的铝制伸缩梯子。我十分没好气，我可不认为这架梯子能让我从自家卧室攀上白宫的房顶。

我的弟弟们参加了童子军，父亲是童子军的教练。男孩儿和家人们会在小学礼堂开一次大会，进行授徽章一类的仪式。终于等到父亲上台演讲了，我很奇怪，他并没感冒，怎么就咳个不停呢。他的脸涨得通红，一直红到衣领下面。他到底在每个词之间说了多少个“啊”啊？中途甚至还当众吐了一口痰，就更不要提那满脸的汗水多有损形象了。回家的路上，我问父亲为什么会表现成那样，母亲从身后拉了我一把，抬起巴掌就想扇我。父亲则像没听到我的问题一样，只是又清了清喉咙。我在心里说，演讲才五分钟，中间你都咳了一百次了吧。

唉，父亲看来是当不了总统了，因为演讲可是总统的必备技能啊，他们不就是一天到晚讲来讲去的嘛。后来肯尼迪遇刺身亡，我才变得释然了，有个怯场的老爸也不错啊。

父亲是我们家的“户长”，是老妈眼里的绝对权威，但是我可不买账。我会就某一问题跟他辩论个没完，真的是没完没了，因为他绝不承认自己的观点是错误的。父亲有那么多的政治观点和理想，不止一次，我在心里呐喊：“你还要想多久才去实现？你究竟要你的孩子等多久！”每次还没争论出个结果，他就扭身进了书房，继续读他的报纸时评去了。

父亲曾是一名专门从事动物营养研究的研究员，他把科学方法也应用在了家庭生活中。作为子女，我们得合理解释自己的每个行为。可是我不具备很好的逻辑性，做任何事情都随心所欲，所以我最怕跟他交代我的动机。

买漂亮衣服，跟朋友们去游泳，去别人家过夜……这些要求即使无法满足，也没什么大不了的，在我的心中深植了一个梦想，那就是成为一名艺术家。我曾经想要成为一名作家，可是不巧我的作品被母亲发现了，于是我的作品集里多了一张她写的小纸条：“莎伦，你可快给我清醒清醒吧！”一想到把本子放到哪里都会被母亲翻出来，我就没有了写下去的欲望，于是我有了新的梦想——成为一名演员。这个想法我没告诉任何人，甚至连最好的朋友都不知道，要知道，想叫她们保密是绝对不可能的事。

我可以选修我们高中的戏剧课，但是我没有，那样谁都能猜到我的小心思了。大学选专业的时候，我选择了社会工作专业。是的，我没有一刻忘记自己的梦想，我想在成为一名优秀的演员之前，更多地接触社会，培养一颗易感的心，并且掌握在人群中说话的能力。

我从来没想过把自己的梦想分享给父亲，我实在说不出要成为演员的理由。毕业典礼上，父亲问我未来有什么打算，我没说。父亲只是拍了拍我的肩膀，说："你是我的孩子，我相信你一定可以实现自己的梦想。"

时间一晃而过，我离开大学，没有成为演员，而是做了一名家庭主妇。结婚第三年，我的丈夫离开了我。我想我的表演技能第一次发挥得那么好，在一双儿女面前表现出一副无所谓的样子，在父母面前也装得很轻松。

找工作是如此困难，毫无社会经验的我处处碰壁。有一天，父亲过来看我，他说路过一家小剧院，看见门口张贴着招聘演员的广告，要我去试一试。我的第一反应是愤怒——我从未告诉过任何人我的梦想，我也不想贸然跑过去丢脸，父亲怎么会想到让我去面试这样一份工作？一种心里最隐秘的部分突然被人触碰的痛感包围了我，这些天来的所有委屈涌上心头，我高喊着"开什么玩笑"，摔门跑了出去。

边跑边哭，我不知道自己这样跑了多久，只知道停下来的时候，周围的一切景物都是陌生的，除了不远处一个熟悉的身影——父亲的脸涨得通红，满脸的汗水浸湿了衣领。我们的目光相遇，他一副欲言又止的样子，让我想起了那个站在讲台上的他。我并不知道不善言辞的父亲为我联系过多少个剧院，也不知道他是怎样说服剧院经理，为我争取到面试机会的，只知道在那个夕阳浸染的傍晚，我和他肩并肩地走了好久。从那一刻起，我终于了解原来父女之间无须语言，父亲其实一直都懂我，只是我没察觉而已。

如今作为一名成功的哑剧演员，我已退休，家里堆满了父亲的笔记本，那上面工工整整地写着父亲对我表演的感受和建议。在儿子进入伊利诺伊大学戏剧表演专业后，我把这些宝贝转赠给了我的儿子。像当年对我那样，每逢有儿子参演的戏剧，父母必会前去观看，哪怕是他俩都不喜欢看的莎士比亚的剧。父亲坚信外孙一定会有成功的那一天："他很棒，跟我看见的那些优秀演员一个样。"对待我那热爱写作的女儿，父亲也从不吝啬自己的赞扬，说她跟 J. K. 罗琳一样，"一切皆有可能"。

有天父亲在读报纸，突然笑得喘不过气来，我跑过去一看，是马克·吐温写的一段话："14 岁的时候，我觉得父亲极其无知，我几乎不能忍受和他在一起。但是，等我长到 21 岁的时候，我惊讶地发现，在过去 7 年里，他已经学到了那么多东西。"

我和父亲笑着对视了一眼，是的，我的父亲有缺陷，但他比我想象的更懂得梦想的意义、生活的真谛。有父如此，夫复何求。他，永远是最爱我的完美父亲。

学着自己长大

20岁的你拥有整个世界，而他们除了你，什么都没有。

雷锋是谁家的儿子

三秋树

一

你一直都不是一个令我满意的孩子。

上幼儿园时，表演课老师邀请家长去上公开课，我去了，但成了当天最丢脸的妈妈。当所有的小朋友都拿出孔雀开屏的劲头，向家长炫耀自己的才艺时，唯独你，一会儿跑过来喊妈妈，一会儿搬个凳子心安理得地当起了观众。在家长们的哄笑声中，你起劲地给小朋友们鼓掌。因为你，好多小朋友都纷纷开始往妈妈的怀里奔，最后，老师严厉地对我说：“麻烦你将王中溪带出去做做工作，不要影响大家。”

我只好把你带出教室，你却开始哭闹，说要回去给小朋友们鼓掌，因为他们都是你的好朋友。

二

你上小学五年级时，在放学路上，一辆刹车失灵的公交车向你和两个同学冲了过来，你把他们推向了一边，自己却被重重地撞倒。你昏迷了整整两天两夜，醒来的第一句话居然是问我：“我的同学有事吗？”

因为这件事，你上了领奖台，甚至还上了报纸、电视，可是，我没有陪你一起领奖，也没有接受纷至沓来的采访。我无比严厉地对你说：“我只有你这一个儿子，希望下次再遇到这样的事情，你能把生的希望留给自己。”

你说：“妈妈，他们都是我最好的同学，人在那个时候是不会想那么多的。”

“那麻烦你以后提前把这样的事情想好。同学失去了，你还会有新的同学。可是，我只有你一个儿子，没有你，你妈我根本就没法活。”

说到这里，我声泪俱下。

我怎能不后怕？此后不知道在多少个夜里，我总是梦见血淋淋的车祸和血淋淋的你，我在梦中哭喊着醒来，枯坐到天明。你爸说我太紧张了。有这样一个不知道爱惜自己的儿子，我怎能不紧张？可是，作为“雷锋”的妈妈，我除了祈祷我们的社会再太平些，希望所有需要拔刀相助的机会都绕着你走外，我不知道还能做些什么。

三

上大学时，你远走广州。你不说，我也知道，你是想离我远一点儿，远离我的唠叨和说教。

只是，我很想你，并且自以为是地以为你初到大学，肯定会很不适应。

可是，当我为了给你个惊喜赶到你的学校时，却发现你正冒着40℃的高温，一个人在打扫宿舍。“为什么是你一个人搞卫生？其他人呢？”我问。

你笑着说：“妈，是我自愿的，不过几分钟的时间就可以让环境好一点儿，再说也累不死人。”

从小到大，我甚至不曾让你洗过一双袜子，可是，你却跑到遥远的广州来替别人打扫卫生！看着我纠结的表情，你笑我：“这就是天下的妈妈，希望自己的儿子遇到雷锋，但更希望雷锋全是别人家的儿子。”

看着你为自己精辟的总结乐不可支的样子，我却一点儿也笑不出来。

晚上，本来打算请你出去吃一顿大餐，再跟你说点儿私房话，可是，你却把全寝室的同学都叫上了。点菜时，你那么细心地记得每个人的口味，关照着每个人的情绪。你的同学们对我说：“将来谁要是嫁给王中溪，肯定幸福死了。”

是，以你的心细如发，以你的忠厚老实，以你的古道热肠，一定会给那个人带来幸福。可是，我更希望那个人能给你带来幸福。

四

你的那场恋爱，我从一开始就极力反对。所有人都看得出来，她选择你，不外乎是因为你的工作好，收入不低，而且在这个寸土寸金的城市里有房子。但这都不是重点，重点是她不是一个真正爱你并懂你的人。可惜，你看不出来。

那个女孩儿总是在我面前控诉你，说你借出去的钱从不想着要回来，这样下去会吃大亏；说你为了别人的事忙前忙后，却总忘了和她的约会……刚开始，出于礼貌，我会站在她那边说你几句。后来，我干脆跟她开诚布公地说：“中溪从小就是这样的人，对他人热心，不计较得失。所以，我希望你能理解并认同他。否则，这些事情会影响到你们的感情。”

我的话并没有让她真正理解，相反，被她看作反对的信号，她开始向你逼婚。你来跟我说你要结婚的事情时，我问：“你确信真的就是她了？”

“是的。”

“如果妈妈不同意呢？”

“妈，我希望得到你的祝福。”

我还能说什么呢？

你们的婚姻终是不幸福的，包含了欺骗和背叛，很多人都知道了，可是，在我面前你却只字不提。离婚时，你选择了净身出户，你说：“毕竟她跟了我一场。”

这一次，我把将近30年积攒起来的对你的怨气一起发泄出来，也无比清楚地告诉你：“搞清楚，有错的是她，不是你！再说，那房子是我买的，绝对是婚前财产，你可以不要，但我凭什么将上百万的资产拱手让给她？”

“妈，算了吧。”你历数着你前妻这些年奋斗的不容易，一大家子人需要她养活的压力，以及你们曾有过的夫妻情分。

我真心寒。儿子，我只希望，在人情法理面前，你能站在一个公平公正的角度上对待问题，不要总是用你那愚蠢的善良，做一只待宰的羔羊。你这副逆来顺受、任人宰割的样子，让妈妈怎么能放心地让你在这个社会上生存？

顺子是你的发小，从美国回来后，经营着一家英语培训学校，生意青黄不接。顺子邀你过去加盟，其实，就是希望你带些资金过去，共担风险。

你连招呼都没跟我打一声就去了，带上了你的全部积蓄。如果不是在街上看到你在发招生传单，我还一直被蒙在鼓里。你拿一句“顺子需要我”就把我打发了。

你在这所默默无闻的小学校，一切从零开始。那段时间，你为学校的事忙里忙外，早出晚归，我甚至很难和你打个照面。再见你时，是在医院的 ICU 病房，原因是我担心了十几年的车祸。

在那些暗无天日的日子里，你的病房门口，每天被围了个水泄不通。你的同学、发小、原领导、原同事，还有很多我不认识的人都守在那里，谁也不肯离开。不管是交费还是办各种手续，都不用失去主张的我和你爸伸手。你的手机接二连三地响着——儿子，你从哪里认识的这么多人?

小陆说："小学时，我们家条件不好，中溪天天给我带鸡蛋。"

小文说："大学四年，都是中溪给我打开水。"

原领导说："中溪辞职了，还时不时地回公司，看看公司在研发技术上有没有什么难题。这孩子做事考虑特别长远，做人长情。"

你的前妻也来了。真金白银地援助，实实在在地为你流泪——情去，义还在……

你终于醒了，大家围坐在你的周围，七嘴八舌地和你说着话，逗你开心。

那天，我的包里忽然多了好几个信封，里面全是钱。信封上面都没有名字，只写着一句话："不用为钱发愁，咱有。"你爸爸感慨地说："看儿子这么有人缘，就算哪天咱俩撒手西去，也不必担心了。"

是你爸爸的话提醒了我吧。作为母亲，不管我对你有多少期待，但总结成两个字，不就是希望你"幸福"嘛。这些年，你心甘情愿地吃了很多亏，然后，换来人生源源不绝的福气，这难道不也是你的聪明与过人之处吗?

我的童年才是真正的童年

于谦

其实，我觉得在玩这方面，现在的孩子很可怜，太单调。除了到商场买玩具，就是在电脑上玩游戏。哪个玩具都说锻炼儿童动手能力，哪个游戏都说开发智力，可我一点儿都没看出来。我看到的都是买来的玩具堆得跟小山似的，孩子的新鲜劲儿一过，连看都不看一眼，整天沉迷于电脑网络游戏，不单智力没见开发，反而越玩越傻，分不清现实和虚拟世界，不懂交际也少有玩伴，在电脑前一坐就是一天，废寝忘食，头昏脑涨，还乐此不疲。照这样下去，人的某些功能就该退化了。

回忆起我小时候，那才是孩子应该过的童年生活。没有现在这些高级玩具，但孩子从来也不缺游戏内容，拍方宝、扇元宝、滚铁环、抽汉奸、耍磁片、玩弹球、扔沙包、跳皮筋……到处都可以找到玩具，而且都是孩子们自己动脑筋制作出来的。一帮一伙，热闹非凡地追逐在街头巷尾，天真烂漫、无忧无虑，而童年的玩伴长大后也会是终生的朋友。

随着年龄的增长，玩的内容和自己制作玩具的技术含量也在不断地增加。记得我八九岁时，院儿里街坊有个大哥哥迷上了钓鱼，每天早出晚归，回家时总能带回几尾活蹦乱跳的鲜鱼。到家后，拿盆放水，收拾工具，而家中的爷爷奶奶则忙着择葱、切姜、剥蒜、点火，一边忙活一边津津有味地听他讲述上鱼的过程。不一会儿，一盆香喷喷的侉炖鱼就端上了桌，随之张罗着拿碗拿筷子准备吃饭，同时还不忘打发孩子给邻居送上几块鱼肉尝尝鲜。这时的小院欢腾了，各家各户都来道谢，嘴里夸奖着老奶奶炖鱼的手艺，手里奉上自家的特色菜，之后每家都把小桌放在家门前或葡萄架下，全院像一家人一样，吃着、喝着、聊着、乐着，那景象是现在住在楼房里的孩子想象不出来的。而在当时我认为这一切的美好都是钓鱼带来的，那就学学呗！

那时不像现在，什么东西都讲买。自己动手制作工具的过程也是玩的一部分，而且是重要的一部分，它能让你对这个游戏更加了解更加期待。我的第一条鱼线就是姥姥缝被子用的粗棉线，用塑料泡沫中的颗粒穿在棉线中间做了一个七星漂，废牙膏皮卷成卷当铅坠，找邻居大哥要了一个旧鱼钩绑在线上。就剩鱼竿是个问题了，我特意跑了很远的路到郊区蔬菜大棚找了两根搭豆架用的细竹竿，把线绑在竿头，我的第一套钓具就这样拼凑成功了。

和一小块面，倒点儿白酒，滴几滴香油做鱼饵，在自行车上绑上鱼竿，我迫不及待地出发了。玉渊潭公园有离家最近的水面，骑车大概要 1 小时。路上脑子里不想别的，一心只想尽快把钩扔到水里，幻想着钓到鱼那一刹那的感觉。车骑得飞快，到湖边我支好车拿起竿，挂上食，哪管什么叫风线长了、水线短了、浮力大了、千斤重了，扬竿甩线，先扔下去再说。说也奇怪，傻小子睡凉炕，全凭火力壮，越是棒槌越和牌——别看不会钓，扔下去鱼就吃食，抬起竿就有鱼，不管是窜钉儿、麦穗儿还是小虎头儿，一竿一条，虽然个儿都不大，但对我这个初学者来说那简直是意外的惊喜，收获颇丰，不到半小时，把我忙活了一脑门子汗。

正忙得不可开交，就听得身后坡上有人喊我，转身看时，一个男的，40 多岁，推着自行车站在那里朝我招手。没看我这儿正上鱼呢吗！我不情愿地放下鱼竿，走上坡岸一问才知道，来人是公园管理处的，我被告知这地方不是公园的钓鱼区，严禁钓鱼，违者罚款。我傻眼了，谁知道还分钓鱼区和非钓鱼区呀？到这时我才看到岸旁立着“严禁钓鱼”的牌子，无奈只得拉下脸来跟他对付。求爷爷告奶奶，好话说了一箩筐，他看在我是个孩子的份儿上，破鱼竿也没有什么没收的必要，最后的处理结果还真不错——竿撅折了，鱼也放了，最可喜的是他撅竿的时候让鱼钩把自己的手狠狠地钩了一个大口子！该！谁让你撅我竿来着！可能是他也觉得这事弄到这份儿上挺没劲的，撅完竿看都没看我一眼，蹬上自行车回家上药去了。

说实话，撅竿、放鱼，一点儿都没有影响我的心情。那竿虽说是我自己做的，但真的没有什么保留价值，那鱼他不放我也得放，拿回家不能养也不能吃，还能看着它们死吗？所以我根本就没往心里去。最关键的是我把它们钓上来了，这个体验是最重要的，这个全新的感觉是最让我兴奋的。我高高兴兴地骑车回了家，很长时间都在回味着钓到鱼那一瞬间的感觉——只可意会，不可言传，充满诱惑，妙不可言。从此，我的爱好中多了钓鱼这一项。

但是，学生毕竟是学生，沉重的学习压力使我没有时间再尽情地玩了，尤其在曲艺团学员班 3 年的住校学习，哪还有条件养鸟、喂狗、轰鸽子、钓鱼？全部的精力都放在了学校里，每天从早到晚的台词课、声乐课、形体课、观摩课、文化课，早自习、晚自习，早锻炼、晚开会，累得跟臭贼似的，直到学员班毕业回家才算过了钓鱼的瘾。那时，我家搬到了西直门外大街高梁桥，这对于钓鱼者来说有个特别方便的条件，一出楼门就是高梁河，早晨拿着竿出门，玩到 11 点 50 收竿，绝不耽误 12 点吃饭。而且沿河往西走上 10 分钟就是展览馆后湖对外开放的高钓区，看守鱼池的人对我们这些老街旧邻不敢得罪，睁一只眼闭一只眼，所以那时我基本上天天泡在鱼坑边上。当然，这一切都沾了相声不景气的光。

童年随之而去

木心

孩子的知识圈，应是该懂的懂，不该懂的不懂，这就形成了童年的幸福。我的儿时，那是该懂的不懂，不该懂的却懂了些，这就弄出许多至今也未必能解脱的困惑来。

不满 10 岁，我已知“寺”“庙”“院”“殿”“观”“宫”“庵”的分别。当我随着母亲和一大串姑妈舅妈姨妈上摩安山去做佛事时，在山脚下的“玄坛殿”我没说什么，半山的“三清观”也没说什么，将近山顶的“睡狮庵”时我问了：

“就是这里啊？”

“是啰，我们到了！”挑担领路的脚夫说。

我问母亲：

“是叫尼姑做道场啊？”

母亲说：

“不，这里的当家和尚是个大法师，这一带82个大小寺庙都是他领的呢。”

我更诧异了：

“那，怎么住在庵里呢？睡狮庵！”

母亲也愣了，继而曼声说：

“大概，总是……搬过来的吧。”庵门也平常，一入内，气象却十分恢宏：头山门、二山门、大雄宝殿、斋堂、禅房、客舍，俨然一座尊荣古刹。我目不暇接，忘了“庵”字之谜。

我家素不拜佛，母亲是为了祭祖要焚“疏头”，才来山上做佛事。“疏头”者，现在我能解释为大型经忏“水陆道场”的书面总结，或说幽冥之国通用的高额支票、赎罪券。阳间出钱，阴世受惠——众多和尚诵经叩礼，布置十分华丽，程序更是繁缛得如同一场连本大戏。于是灯烛辉煌，香烟缭绕，梵音不辍，卜昼卜夜地进行下去，说是要七七四十九天才功德圆满。当年的小孩子，是先感新鲜有趣，7天后就生烦厌，山已玩够，素斋吃得望而生畏，那被关在庵后山洞里的疯僧也逗腻了，心里兀自抱怨：超度祖宗真不容易。

我天天吵着要回家，终于母亲说：

“也快了，到接‘疏头’那日子，下一天就回家。”

那日子就在眼前。喜的是好回家吃荤、踢球、放风筝，忧的是驼背老和尚来关照，明天要跪在大殿里捧个木盘，手要洗得特别清爽，捧着，静等主持道场的法师念“疏头”——我发急：

“要跪多少辰光呢？”

“总要一支香烟的工夫。”

“什么香烟？”

“喏，金鼠牌，美丽牌。”

还好，真怕是佛案上的供香，那是很长的。我忽然一笑，那传话的驼背老和尚一定是躲在房里抽金鼠牌、美丽牌的。

接“疏头”的难关挨过了，似乎不到一支香烟的工夫。进睡狮庵以来，我从不跪拜，所以捧着红木盘屈膝在袈裟、经幡丛里，浑身发痒，心想，为了那些不认识的祖宗，要我来受这个罪，真冤。然而我对站在右边的和尚的吟诵发生了兴趣。

“……唉吉江省立桐桑县清风乡二十唉四度，索度明王侍耐唉嗳啊唉押，唉嗳……”

我又暗笑了，原来那大大的黄纸折成的“疏头”上，竟写明地址呢，可是“二十四度”是什么？是有关送“疏头”的，还是有关收“疏头”的？真的有阴间？阴间也有纬度吗……因为胡思乱想，就不觉到了终局，人一站直，立刻舒畅，手捧装在大信封里盖有巨印的“疏头”，奔回来向母亲交差。我得意地说：

“这疏头上还有地址，吉江省立桐桑县清风乡二十四度，是寄给阎罗王的。”

没想到围着母亲的那群姑妈舅妈姨妈大声调侃：

“哎哟！10岁的孩子已经听得懂和尚念经了，将来不得了啊！”

“举人老爷的得意门生嘛！”

“看来也要得道的，要做82家和尚庙里的总当家。”

母亲笑道：

“这点原也该懂，省县乡不懂也回不了家了。”

我又不想逞能，经她们一说，倒使我不服，除了省县乡，我还能分得清寺、庙、院、殿、观、宫、庵呢。

回家啰!

脚夫们挑的挑，掮的掮，我跟着一群穿红着绿、珠光宝气的女眷们走出山门时，回望了一眼——睡狮庵，和尚住在尼姑庵里？庵是小的啊，怎么有这样大的庵呢？这些人都不问问。家庭教师是前清中举的饱学鸿儒，我却是块乱点头的顽石，一味敷衍度日。背书，作对子，还混得过，私底下只想翻稗书。那时代，尤其是我家吧，“禁书”的范围之广，连唐诗宋词也不准上桌，说：“还早。”所以一本《历代名窑释》中的两句“雨过天青云破处，这般颜色作将来”，我就觉得清新有味道，朗朗上口。某日对着案头一只青瓷水盂，不觉漏了嘴，老夫子竟听见了，训道：“哪里来的歪诗，以后不可吟风弄月，丧志的呢！”一肚皮闷瞀的怨气，这个暗趸趸的书房就是下不完的雨，晴不了的天。我用中指蘸了水，在桌上写个“逃”。怎么个逃法呢，一点儿策略也没有。呆视着水渍干去，心里有一种酸麻麻的快感。

我怕作文章，出来的题是“大勇与小勇论”“苏秦以连横说秦惠王而秦王不纳论”。现在我才知道那是和女人缠足一样，硬要把小孩儿的脑子缠成畸形而后已。我只好瞎凑，凑一阵，算算字数，再凑，有了100字光景就心宽起来，凑到将近200，便“轻舟已过万重山”。等到卷子发回，朱笔圈改得“人面桃花相映红”，我又羞又恨，既而又幸灾乐祸，也好，老夫子自家出题自家做，我去其恶评誊录一遍，备着让母亲查看——母亲阅毕，微笑道：“也亏你胡诌得还通顺，就是欠警策。”我心中暗笑老夫子被母亲指为“胡诌”，没有警句。

满船的人兴奋地等待解缆起篙，我忽然想起了睡狮庵中的一只碗!

在家里，每个人的茶具饭具都是专备的，弄错了，那就不饮不食以待更正。到得山上，我还是认定了茶杯和饭碗，茶杯上画的是与我年龄相符的十二生肖之一，不喜欢。那饭碗却有来历——我不愿吃斋，老法师特意赠我一只名窑的小盂，青蓝得十分可爱，盛来的饭，似乎变得可口了。母亲说：

“毕竟老法师道行高，摸得着孙行者的脾气。”

我又诵起：“雨过天青云破处，这般颜色作将来。”

母亲说：“对的，是越窑，这叫兜，这只色泽特别好，也只有大当家和尚才拿得出这样的宝贝，小心摔破了。”

每次餐毕，我自去泉边洗净，藏好。临走的那晚，我用棉纸包了，放在枕边。不料清晨被催起后头昏昏地尽呆看众人忙碌，忘记将那碗放进箱笼里，索性忘了倒也是了，偏在这船要起篙的当儿，蓦地想起：

“碗！”

“什么？”母亲不知所云。

“那饭碗，越窑兜。”

“你放在哪里？”

“枕头边！”

母亲素知凡是我想着什么东西，就忘不掉了，要使忘掉，唯一的办法是那东西到了我手上。

“回去可以买，同样的！”

“买不到！不会一样的。”我似乎非常清楚那兜是独一无二。

“怎么办呢，再上去拿。”母亲的意思是：难道不开船，派人登山去庵中索取——不可能，不必想那碗了。

我走过正待抽落的跳板，登岸，坐在系缆的树桩上，低头凝视河水。

满船的人先是愕然相顾，继而一片叽叽喳喳，可也无人上岸来劝我拉我，都知道只有母亲才能使我离开树桩。母亲没有说什么，轻声吩咐一个船夫，那赤膊小伙子披上一件棉袄三脚两步飞过跳板，上山了。

杜鹃花，山里叫“映山红”，是红的多，也有白的，开得正盛。摘一朵，吮吸，有蜜汁沁舌——我就这样动作着。

船里的叽叽喳喳渐息，各自找乐子，下棋、戏牌、嗑瓜子，有的开了和尚所赐的斋佛果盒，叫我回船去吃，我摇摇手。这河滩有的是好玩的东西，五色小石卵，黛绿的螺蛳，青灰而透明的小虾……心里懊悔，我不知道上山下山要花这么长的时间。

鹧鸪在远处一声声叫。夜里下过雨。

是那年轻的船夫的嗓音——来啰……来啰……可是不见人影。

他走的是另一条小径，两手空空地奔近来，我感到不祥——碗没了！找不到，或是打破了。

他憨笑着伸手入怀，从斜搭而系腰带的棉袄里，掏出那只兜，棉纸湿了破了，他脸上倒没有汗——我双手接过，谢了他。捧着，走过跳板……

一阵摇晃，渐闻橹声欸乃，碧波像大匹软缎，荡漾舒展，船头的水声，船梢摇橹者的断续语声，显得异样的宁适。我不愿进舱去，独自靠前舷而坐。夜间下过大雨，还听到雷声。两岸山色苍翠，水里的倒影鲜活闪袅，迎面的风又暖又凉，母亲为什么不来。

河面渐宽，山也平下来了，我想把碗洗一洗。

人多船身吃水深，俯舷即就水面，用碗舀了河水顺手泼去，阳光照得水沫晶亮如珠……我站起来，可以泼得远些——一脱手，碗飞掉了！

那碗在急旋中平平着水，像一片断梗的小荷叶，浮着，氽着，向船后渐远渐远……

望着望不见的东西——醒不过来了。

母亲出舱来，端着一碟印糕艾饺。

我告诉了她。

“有人会捞得的，就是沉了，将来有人会捞起来的。只要不碎就好——吃吧，不要想了，吃完了进舱来喝热茶……这种事以后多着呢。”

最后一句很轻很轻，什么意思？

现在回想起来，真是可怕的预言，我的一生中，确实多的是这种事，比越窑的児珍贵百倍千倍万倍的物和人，都已一一脱手而去，有的甚至是碎了的。

那时，那浮氽的児，随之而去的是我的童年。

一封微信家书

静静爸

静静：

你用快递发来的大手机我们收到了，在你表妹的指导下，我们也学会用微信了。

现在我和你妈凑在咱家书桌前，商量着在微信里打字给你说话。你上大学的时候，还往家里写过几封信，那些信我们都存着，没事就拿出来反复看。现在变成电子信，更方便啦！

这几天，我们偷看了你发到朋友圈的信息，给每一条都点了赞，你都收到了吧？你妈看着你的朋友圈，把你的每张照片都存到手机里了，你妈看得一会儿哭一会儿笑的。静啊，我们是你的亲爹亲娘，但上了微信才知道，对你的了解还没有“朋友圈”多。这几年，你在北京闯荡，工作辛苦，男朋友也没正经谈，我们老嫌你不给家里来电话，不多回来看看，过年回家不积极，直到现在才知道，我们的闺女太辛苦了！爸妈真的是老了，脱离社会了，不知道现在的白领，夜里12点以后吃加班饭是正常事。也不知道娱乐圈有啥事发生了，比如那个大明星结婚，还把你们忙得团团转，通宵干。

你在朋友圈发布的内容，我和你妈认真学习了5遍——超过150条是半夜12点以后发的，你睡得太晚，爹妈心疼；30条是有关你工作单位的信息，我们看得半懂不懂；50条是跟同事聚餐或者周末去忙活公事；还有20条，是表达你的心情，但没有一条能看出你有谈恋爱的迹象。看到你把去郊区爬个山也叫“一场说走就走的旅行”，我和你妈又笑又想哭——爬山遛弯，这不是我和你妈天天干的事吗？闺女，我们错了，我们天天在家闲着，还要求你这个大忙人惦记我们，给我们打电话，要求你去相对象、赶紧结婚，让我们抱孙子，爸爸妈妈做得不对！我们现在什么都不要求了，只要你好好的，身体健康，别睡太晚，工作别累着就行！

说到这，我们要告诉你一个重大决定：今年过年，我们要请假——我和你妈不跟你过年了！以前是你跟我们请假不回家，这一次，我们老两口也来造回反，春节不在家过了。

你也许不知道，爱读书、爱幻想，喜欢旅游，你的这些特点，完全就是你妈的翻版啊。你看到的老妈，一直都围着锅台转，可是当年我俩谈恋爱时，你妈可是厂子里最会写文章的文艺标兵，包包里总放着一本三毛的游记，还在上面勾勾画画的。我俩结婚时，你妈很早就计划来个时髦的旅行结婚，去大上海玩一趟。但是那年头家里底子薄，爷爷又生病，你妈就主动放弃了。那本她最喜欢的《老上海风情之旅》，一直压在她的枕边，她翻了很多很多遍。后来，你出生了，咱们这个小家就开始围着你转，忙忙碌碌的，一眨眼几十年过去了。你在朋友圈里发的各种旅游内容，你妈妈都如数家珍，有时忍不住还会和我描述。老爸听着心里很不是个滋味啊，欠她的太多。今年春节，我们老头老太也来一场你们年轻人流行的“说走就走的旅行”。

静静，不知不觉又啰唆了这么多，不知道这么多字微信能发出去不，最后老爸再说一句：爸妈以后不催你找对象了，你也别再因为这不接爸妈的电话。你妈说，过去半年你在朋友圈里提到西藏不下 20 次，还在朋友圈约好了朋友过完年一起去。到时候，说不定咱们可以在布达拉宫相遇，但是你放心，我们俩不去打扰你，不拖你的后腿。往后这几十年，爸爸保证，我和你妈一定互相照应着多去走走看看。你妈妈的旅行梦，我来实现。

爱你的老爸老妈，静静永远的粉丝

自 己 长 大

张晓晗

亲爱的熊孩子：

今天发生了一件我觉得自己要足够老才能经历的事。

小学同学聚会，我没参加，大家喝多了，突然打电话给我。大家用同一个手机，轮着跟我说话。本来都是一些成年人的客套话，但是说着说着，我还是快哭了，跟参加了自己的追悼会似的。每个人都小心翼翼地说着我的好，说着曾经的感情。一个同学说："我们10多年没见了哦。"我怎么也反应不过来。好像昨天我们还一起在课间往死里打架，黑板擦扔过去，等到尘埃落定再抬头，却已经被老师没收走了12年。

我不知道你会在多大时看到这封信，但我决定在今天就告诉你一个足以让你笑傲人生的秘诀。

还是接着那通电话说。每个同学都很乐于和我玩一个猜猜我是谁的游戏。姑娘不算，一旦男生接到电话，我问的第一句话都是："你和我做过同桌吗？"他们停顿几秒后，都会醉醺醺地跟我说："没有吧。"

其实，我心里一直期待着他的名字。如果他接电话，我问也不用问，我有这个自信，就算过去 12 年，我还是能在第一秒听出他的声音。就像我们因为"三八线"闹得最凶的时候，说出那句狠毒的誓言："化成灰我也记得你。"他的名字是两个字，暂且叫他 Z。你不用管他是谁，他就是我们从小到大每一个同桌的代号。

Z 在四年级转学到我们班，我们在快毕业的时候调座位被换开。由于各种原因，我从来没有一个完整相处两年的同桌，除了他。

刚来的头一个礼拜，他是全宇宙最好相处的人，因为他人生地不熟，我也借机干了一件混蛋事。每天放学，我都把作业本整整齐齐地码好，放到抽屉里，一本都不带回家，并且警告他：明天早点儿来，我要抄你的作业。然后就去逛文具店，吃麻辣烫，或者和女同学到公交车站去看帅哥。那个时候我们都看《流星花园》，最乐此不疲的娱乐项目就是在公交车站看哪个男生像花泽类。

持续了大概 10 天，他竟然都这么做了，每天早到半个小时，在空旷的教室里让我抄作业，再看着同学们一个个进来。他因为胆小不和别人说话，只和我有一搭没一搭聊几句，我也无心理他，注意力集中在抄作业上。我问他以前学校的生活什么样，他一副大哥模样，挺不想提的样子。我心里想："哼，我还不想听呢，不过是和你客气客气。"

就在第 10 天，出现了扭转性的一幕，他和"小霸王"因为一件我现在已经想不起来的事打了一架。他被揍到爬不起来，还没还手，上课铃响了。他回到座位，低头盯着书，没一会儿，眼泪滴答滴答掉在书本上。那是一种很平静的愤怒，也只有我能看到。这个男孩子还挺"娘"呢，我当时心里这么想着。但是又觉得他有点儿可怜。我写了张小纸条给他，说：“没关系，下课我帮你去谈判。”他把小纸条给我推过来。我再写：“没关系的，我不会告诉别人你哭的。”他又把纸条推过来。我看他懒得理我，就把纸条团起来扔掉了。可是他还在哭，哭得我一个小学生都感觉：好悲伤啊。于是，我摸摸口袋，里面装着早上我出门前抓的一把水果糖，我挑了最好看的一块，透明的薄荷味的，放进了他的口袋里。我不知道这样能不能安慰到他，他没拿出来吃，也没再哭，老师说翻开下一页，他就把一页眼泪翻过去了。

又到课间，他一句话没说，眼里都是杀气，去墙角拿起一把扫帚，低着头跟在“小霸王”身后出去了。我本着看热闹的心情“嗖”地站起来跟出去。我跟到男厕所门口，只见他什么都没说，对着正在撒尿的“小霸王”就是一顿乱打。开始大家都傻眼了，不过很快男生们反应过来，一起上来制伏他，扔掉他的“武器”，擒住他的手脚，他就这么被按在墙面上，那股横劲儿更让他显得可怜。“小霸王”站起来，一步步走向他。我站在门口，手揣在口袋里，一颗颗数着那些糖果。那一刻不知道怎么想的，可能是因为抄了他几天作业，也可能是他那时狠狠的眼神戳中了我的保护欲，我冲进男厕所，一口咬在“小霸王”的胳膊上，死死拽着他，对 Z 大喊：“你快跑，快跑啊！”

小孩子打架的情景，我不再赘述，你我都经历过。能记到今天是因为，我在此之前、从此以后，再也没为了谁打过一架。这件事的后续是，老师询问时，我拒绝举报任何人，导致我们一群人在教室门口罚站。“小霸王”他们正好借机去打篮球，只有我和 Z 两个人老实站着，我觉得太没面子，嗷嗷直哭。

我一直都记得那个下午，我们对着一个大大的窗户，那是我们小学的后院，能看到对面居民楼里退休老干部无聊一天的每一个细节。他说：“喂，别哭了。”我说：“你懂个屁，我从来没这么站过。”他说：“我也没有哦。”我说：“不可能，他们都说你是因为杀了人才转来的。”然后他愣住了，我也愣住了。我们两个看着对方的惨样一起哈哈大笑。

“你这么‘娘’怎么可能杀过人，我真的高估你了。”

他说：“你真的很想知道我为什么转学？”我抹着眼泪点点头。他说：“爸妈离婚。”我说：“那也不是什么大事啊。”他说：“是哦，比起杀了人，想想也不是什么大事。”

然后我又摸了一遍口袋里的糖，全数掏出来，说：“我们一起吃掉吧。”我们就这么站着，百无聊赖地，把糖一颗颗吃掉了。我心里想着，就假装我们在约会吧，假装我们很不在意这次惩罚，就没那么丢脸了。他突然抬头跟我说了一句：“我发现了一个秘密，我们都得自己长大的。”

我很晚熟，根本没听懂。

我们因此恋爱了吗？当然没有。我们因此成为和谐的同桌了吗？当然没有。我们成为一辈子的好朋友了吗？好像也不是。他站到最后 10 分钟，终于鼓起勇气，下楼和“小霸王”他们一起打篮球去了。男生的友情总是从暴力开始，他再也不用借作业给我抄了。而从那次以后，“小霸王”开始敬我是条汉子，追了我一段时间，同学聚会时，他成了唯一有我电话号码的人。我和 Z 呢，就十分琐碎日常，和所有小学同桌一样，鸡毛蒜皮地度过了两年。

小学时代最后一次换座位时我们被换开，他照常收拾书包走人。我心里有一点儿难过。我最后一个离开教室。去公交车站的路上，我手插在口袋里，哼着悲伤的《流星雨》，摸出一块糖来。

也不知道他什么时候放进去的。我鼻子立刻酸了，但是好在，我有一块糖，可以马上塞进嘴里。吃进去的时候，我又高兴起来，因为他还记得，我少有的勇敢的一幕。

很妙的是，这明明是小时候的一件小事，反倒成了我至今的习惯。我不喜欢吃甜食，但是每到难熬的时候，都会装一块糖在口袋里。在那个艰难的时刻，什么都不要管，迅速拆开糖纸把糖塞进嘴里。这种时候，我都会想到 Z 拿着扫帚单枪匹马走出去的样子，一个瘦高稚嫩的男孩子，拖着一把看上去比他还高大的武器，准备去和糟糕的一切拼命，心里反复告诉自己："我不害怕，我不害怕。我每往前一步都是新的，这没什么好怕的，人都是得自己长大的。"

毕业以后，我再也没见过 Z。所以，没有机会感谢他，也没有机会说，我有点遗憾，没能成为他在这个学校里唯一的同桌。

亲爱的宝贝，我不能陪你到最后是注定的。那么，就请收下这颗我放在你口袋里的糖吧，你难过的时候它是酸的，你快乐的时候它是甜的，请在最重要的时候吞掉它，然后告诉自己，我是最凶猛的动物，荒漠饿不死我，丛林也不会让我迷失方向，城市的凉薄也不会浇灭我热血沸腾的心。

就请吃下这颗灵丹妙药，从此之后一切变好，一切都会过去，我们是可以自己长大的。

爱你的老娘

拜见母亲大人

七堇年

拜见母亲大人是需要谨慎的。

扎起马尾，露出额头——她喜欢看我一直保持十几年前的中学生模样，不管我现在已经多少岁。

挑选一件十分显胖的衣服——她永远嫌我瘦。每次见到我便立刻皱起眉头打量，鉴定结果是我又瘦了，然后开始问："是不是又过得不好了，没有好好照顾自己？"

衣服不仅要显胖，还一定要是亮色，不能穿深色——她总是嫌弃我黑色衣服太多，说："别一天到晚穿得黑黢黢的。"所以要选白色或者红色。哦不，白色也不太好，她会说："白色这么不禁脏，谁给你洗啊？看这都发暗了。"所以要选红色，红色禁脏，又显得面色红润，气色好。

一定要化妆，但又必须是裸妆那种类型，气色鲜润就好，千万不能涂抹太多。但不化妆的话，显得不够精神，她又会说：“怎么都不收拾一下自己？”

总之，我会把自己收拾成穿着少女时代的红毛衣的、扎马尾的、学生味儿十足的样子。这样我不会给她任何一点儿破绽，来让她忧心忡忡地打开话题：“你是不是过得不好？”

时间差不多了，掐着表，准时去接母亲。把车靠边，远远地，看见她站在人群边缘。她穿着那一身我很熟悉的旧风衣，一双不相配但便于走路的休闲鞋，背着我当年上学用过的那个双肩包，很实用地插着一只水壶。

把母亲接到，她像个孩子一样，乖乖上车，坐后排座位。因为她一旦坐我旁边，就会忍不住保持高度紧张，大声指挥我怎么开车。碰到路边闪出一辆电瓶车，她会尖叫，把我吓一跳；不然就是高声指挥我：“按喇叭！”“打灯！”“啊！小心那个人！”……我会崩溃的。我都有 8 年驾龄了，视力 5.2，早就是老油条司机了，而她明明就视力很差，开车是彻头彻尾的菜鸟，每次还要这么指挥我。每当这时候，我恨不得分给她一个喇叭捏在手里，任她自己随便按。

但有一次，我与母亲一起，坐上了某位阿姨开的车。我很紧张，因为阿姨实在开得太“菜鸟”了。奇怪的是，母亲却在副驾驶位上一路安安静静地坐着，什么都没说，更没有指挥人家，偶尔还很轻松地和“菜鸟”阿姨聊天。

下车后我问母亲：“为什么你不指挥别人开车，只指挥我开车？”

“别人我不管啊，你是我女儿啊。”她说。

可怜天下父母心。所以后来，我都让母亲坐后排。这样对大家都好。

接到母亲，带她去了餐厅。坐下来点菜。我点了她喜欢吃的清淡的菜，然后点了一个豆腐青菜汤，叫“一清二白”。点完菜，服务生向我们重复一遍菜名，报完最后一个“一清二白”，我点头确认，示意可以了。

服务生走后，母亲欲说还休，最后非常不安地问我：“一千二百？这顿饭就要一千二百啊！”

我哭笑不得地看着她，窗外的阳光洒在她的白发上。

母亲看上去比较年轻，所以我一直没发现她的衰老——我一直感觉她还年轻着，永远没老。就像她以为，我一直还是个中学生的样子，停在那几年，永远没长大。但时间容不下我们的幻觉。她现在老了，渐渐变成了我的孩子。在她的晚年里，我要像母亲照顾孩子那样，给她一个无忧无虑的晚年。

少年时与母亲的种种怨怼，已经渐渐释然。那会儿叛逆时，动辄会想：“我要是当妈，我才不会……”而现在才知道，做一个好母亲实在太难，她已经尽力了。

如今轮到我，其实我也只能说，我尽力。

因为爸妈只有你

杨熹文

我人生中唯一觉得不该坚持梦想的时刻，是在出国后的第三年——我第一次回家小住的时候，因为有事要去朋友所在的城市，我才在家停留了几天便没心没肺地拿着行李上路了。那天早晨，我送妈到公司班车车站，再转身去找自己的公交站，到马路对面的时候，我下意识地转头看，看见站在马路另一头的妈妈，整个人呆呆地望着我的方向。这个年近50的女人，肩膀耸动，鼻尖通红，眼泪像断线的珠子，流满了整张脸。她看着即将离开的女儿，竟伤心地哭成了孩子。

这是我离家3年后第一次回家，作为爸妈唯一的孩子，这是多么自私的行为，可我总是能为不回家找出若干冠冕堂皇的理由：“学校假期好短啊，我有很多功课要做的！”“我现在打工的地方很好，不想因为回国就辞掉！”“回国几周这边的房租还要照交，多不划算啊！”

爸妈口中那个“在银行上班、和爸妈住在一起、快要结婚了、未婚夫是个老实人”的小红或是小丽，我没一丁点儿兴趣去打听。我是个江湖青年，满脑子都是闯荡四方的豪情壮志，我向往瑞士的雪山和伦敦的建筑，憧憬埃菲尔铁塔和撒哈拉沙漠，我甚至在墙上的地图上标出南极的方位，相信自己总有一天会到达……爸妈有时期盼地问：“孩子，什么时候回家呀？”我便心虚地回答：“就快了，就快了。”我就这样敷衍了他们3年，我的爸妈也为此等待了3年。

我不在的日子里，微信就是我和爸妈之间的纽带，我和爸妈的交流，全隔着小小的手机屏幕。这一端，我在早晨起床时，看见妈为我精心布置的房间；在课间休息时，看到爸为阳台的盆景做了个小鸟巢；晚上去打工的路上，收到花园里枸杞结果的照片；又在无数个入梦前的深夜，收到爸妈隔着时差的“晚安”。我从未错过他们生活的任何一个细节。可是爸妈的另一端，却没有这样频繁响起的提示音，我说：“妈，我和同学吃饭呢，一会儿再说！”“爸，我累了，改天聊。”于是，他们只能从我的只言片语里，尽力地拼凑我生活的全貌。

我童年时就曾发誓，长大后一定要远走他乡，因为爸妈从未停止过争吵。我成年之后，爸妈的性格随年龄增长变得温厚，妈不再歇斯底里地指责爸，而爸也不再喝到不省人事。但是在大学毕业后住在家中的那段时间里，我又感觉到了亲情的束缚：我晚归不得超过7点钟，不然爸妈就会疯狂地打我的手机；我不能11点以后睡觉，妈会一遍遍敲响我房门，叮嘱我“快睡吧，孩子”；我也不能略过任何一餐，爸会受挫似的自言自语：“这不是我姑娘最喜欢吃的一道菜吗？怎么连筷子都不动一下。”

台湾作家蒋勋说：“尽管我和我的妈妈很亲，但母爱有的时候真是暴力，因为她不知道这个爱对一个青少年来说是多大的负担。”这是在那段时间内，我对爸妈的看法：爱意过浓，束缚太多，接近暴力。

所以当我远行时，我就像一只挣脱了牢笼的鸟，迅速地飞向广阔的天空，以至于常常忽略了爸妈发来的近况。我记不起妈去广场跳舞，后来因为老师要统一着装，她就不去了，甘愿在家打扫我的房间；我也忘记了爸推掉了酒局，只愿意在家侍弄花园，或者一遍遍看我的艺术照。爸妈的生活无聊而空洞，我不在家这一事实让他们失去了生活的目标。曾经每日为我准备三餐，看我吃到肚皮圆胀的日子，在阳台上目送我上学去的背影一点点缩小的日子，每个学期末在火车站等待我乘坐的列车到达的日子……岁月将它们统统剥夺了去。

爸爸朋友的孩子和我一同在新西兰生活，回国的时候去我家做客。她后来跟我说："你妈妈握着我的手，反复摩挲着，什么都没说，眼泪就流下来了。"过年时，我的亲戚在 QQ 上发来消息："大家吃着饭、喝着酒，突然有人说起了你，你爸捂着脸就哭了起来。"那时候，我心里那个远行的孩子才肯真正停下来，迫不及待地向家的方向奔跑，眼泪飞溅。

直到我回家后，才一点点意识到爸妈经历的煎熬。除去那个我妈哭到让我想放弃梦想的时刻，还有爸每天都变着花样准备的晚餐，妈失眠了几年的老毛病突然间不治而愈，爱聚会的爸总是翘了班回家，甚至有一天我和妈走在路上，一向节俭到极致的她竟然肯在路边乞丐的碗里放上几块钱。她一路哼着歌，我的心里却只听见酸楚。

我第一次体会到独生子女父母的孤独，是在国外酒吧打工的时候。酒吧里有一些赌博机（在新西兰赌博合法），有些中国老年人因语言不通，无处可去，就经常来这里消磨时间——拿几枚硬币玩大半天。我有时和他们聊天，他们讲得最多的就是儿女。

一位伯伯说，他二十几年前和老伴来新西兰定居，在这里生育了一个女儿，那时夫妻俩辛苦经营着一家中餐馆，无暇照顾孩子，结果长大后的女儿完全融入了西方文化，不会说、也不想说一句中文。老伯有一次拿了一些英文资料，不好意思地问我，可不可以教他一些简单的词语。后来又拿出一张画满符号的纸，他说自己想买个 iPad 跟上女儿的时代，这些符号全部照抄女儿的 iPad 页面，希望我能告诉他这些奇奇怪怪的字符都代表什么。

我尽力回答老伯提出的每一个问题，小心翼翼地用最直白的语言解释。因为我看到老伯，就想起了我的爸妈，我希望他们在遇到不懂的问题时，身边也有一个愿意帮助他们的人，而我更希望，当这样的事情发生时，我就在他们的身边。

我和朋友讨论过独生子女的问题，他说："集万千宠爱于一身，也集万千孤独于一身。"我点头同意，却不禁想起，我们的父母才是最孤独也最缺乏安全感的人。对于已经不再年轻的父母，大概他们对我们的期待，就像是龙应台在《目送》中写的："幸福就是，早上挥手说'再见'的人，晚上又平平常常地回来了，书包丢在同一个角落，臭球鞋塞在同一张椅子下。"

有一次看见知乎上讨论，独生子女是一种怎样的体验，有人回答："不敢死，不敢远嫁，特别想赚钱，因为他们只有我。"我不知道别的独生子女是否有这样的感觉，这句话戳中了我的心。

几年前我决定出国，和朋友吃了告别餐，他很不理解地问我："你一个女孩子，怎么想跑得那么远？对我来说，和家人在一起才是最重要的！"那时，我心里装着整个世界，对这样的声音完全不屑，抓起桌上的啤酒喝了一大口。后来远行，经历了身边朋友为了家庭而中断学业，也听见越来越多的声音在问我："我也想和你一样远行，可是舍不得爸妈，该怎么选择？”家人或是梦想，这似乎是摆在年轻人面前最艰难的选择题。我一直不是个合格的女儿，缺席了爸妈生命中很多重要的时刻，没资格给想要远行的年轻人提供什么建议。但是如果你像我一样向往自由，一定要去世界的什么地方看一看，那请不要让这次远行成为逃离。世界上还有一种远行，离开是为了更好地回归——你可以远行，但要保证身体健康，每周打一次电话，教会爸妈使用微信，有事没事把生活照发给他们，少抱怨，别报忧，告诉他们，你把自己照顾得挺好的，而事实上也确实如此。你虽然还是默默无闻的小人物，却正走在通往成功的路上，每一分努力都慢慢换来了收获。你常常希望每一天有100个小时，因为生活总是忙碌不停，可是爸妈需要你的时候，再忙你都会出现在他们的身边。

我回新西兰的时候，爸妈到机场送我，在我走进安检前的最后一刻，回过头和爸妈挥手告别。我从爸妈那忍住泪水的目光中读到了一份不舍，但似乎又看见了另一层含义：孩子你好好奋斗，早日实现梦想，到时候再安心回家，我们会一直在这里等着你。

我的父母是中国父母中最普通的代表，他们把最好的人生给了我，再用剩下的人生来守候我。我至今还在为梦想一刻不停地奋斗着，希望早一天带爸妈去外面的世界看一看，也希望有足够的物质条件去满足爸妈年轻时因为我而放弃的梦想。我想告诉所有正犹豫着或者已经在路上的年轻人，如果选择远行，请风雨兼程，好好奋斗吧。可无论何时，都请记得一直在等待你回家的爸妈，因为20岁的你拥有整个世界，而他们除了你，什么都没有。

你好，陌生人

刘继荣

一

女儿从小不认生，觉得满世界皆是可亲之人，见谁都笑，甚至刚刚把针头从她身上拔出的医生，挥手说再见时，也能获赠一个泯去恩仇的笑。

她曾经在餐馆外隔着玻璃墙与一位陌生姐姐玩，两人在玻璃上追逐对方的手指，乐得什么似的。姐姐离开时，她因舍不得而号啕大哭，直如生离死别。一转头，看见卖气球的老爷爷，她湿答答的脸上立刻绽开粉嘟嘟的笑容，顿忘前尘。

夏天，女儿初学会走路这种本事，新鲜得不得了，我去附近银行办事她也要跟着。她发上簪着娇滴滴的樱桃发卡，爱煞人，旁边一位老奶奶禁不住伸手抚摸，她觉得有趣，非要攀上我的肩，也摸摸老奶奶的苍苍发髻。

素不相识的一老一少，你来我往，玩得咯咯笑。

女儿渐渐长大，我在街边买瓜果时，店家总挑好的给我，买蛋糕也多加两粒蓝莓，东西不多，难得的是那潜滋暗长的小暖意，我总以为是自己人品好。有一次买花没零钱，卖花的不以为意：“下次补吧，大家都认得你，你是那个小酒窝的妈妈。”我怔住，前前后后一思量才醒悟过来，原来，这都是因为女儿的好人缘。

婆婆却忧心忡忡：孩子总这么憨，像个不长心眼的小糖人儿，万一遇着个歹人怎么办？公公不以为然：哪有那么多坏人！饶是如此，我还是细细教导了女儿一番，教她如何防范陌生人。她正在吃桃子，满脸桃汁，只管咿咿唔唔点头，也不知记住没有。

二

一日下午，同事打电话说要来我家取一份资料。一进门，这个平日沉稳持重之人就兴高采烈地开讲：“楼下有个小女孩儿好可爱，她替我指路，还教我怎样识别坏人……”我瞠目结舌，他开心得忘乎所以，手比口讲：“那孩子讲话真有趣，她说舅舅是坏人，因为舅舅每次来都会带着好吃的零食和好玩的玩具，还带她出去玩。妈妈告诉她，坏人都是这样子欺骗小孩儿的……”

说着说着，同事眼睛放光，连家乡话都出来了：“囡囡说我是好人！”我惊骇到说不出话来。这位先生平素最怕小孩儿，结婚多年并无生育计划，用餐、乘机甚至散步，遇到小孩儿都要远远避开，今天竟跟一个陌生小孩儿攀谈，得了个好人称号激动成这样。

同事还在絮絮赞叹：“那孩子声音太好听了，像银铃那么清亮……”

他拉我到窗户边，指给我看，“喏，就是那个红裙子长头发的囡囡！”我忍无可忍，拨开他的衣袖，又好气又好笑，“那是我女儿，年会时戴着天使面具去你身边坐，你吓得躲开5步远！”同事如梦方醒，讪讪地说：“真有这种事？那我下去道歉。”

片刻之后，我看见致歉者得宽宥，归鸟得南枝，陌生人成良友，天地宽柔。这些情景，一丝不落地被婆婆看在眼里，她又开始叹息，说女儿心无芥蒂，叫人忧心。我并不觉老人啰唆，他们尝过世间的盐，走过宽窄的桥，心有猛虎，亦植蔷薇。

我安抚老人，说我讲的话女儿是记住了，只是童心烂漫，并无分别心，无论亲疏，在孩子眼里都是久别重逢的故人，皆可携手嬉戏，同吃同玩。要让她学会辨识，还需耐心引导。

周末，我们一家去逛早市。这一路上，女儿结识了好几个朋友，甚至还得到一名穿超人斗篷的小男生的邀约。两人打算下午一起去广场玩，而且不带家长。小孩子可以在一秒内信任对方，大人就未必了。超人的妈妈尽管面有难色，但拗不过儿子，答应了，婆婆则在我耳边嘀咕：“不知根不知底的陌生小孩儿，怎么可以一起出去玩！再说两个人都指甲盖那么大，没有大人跟着哪行啊！”我朝老人家挤挤眼，叫她先别反对，我自有主意。

下午，女儿准时出门，我悄悄尾随。小超人已先到广场，他们荡秋千，滑滑梯，又看了一会儿别人放风筝。很快，我发现小男生的妈妈也尾随其后，我们两个人会心一笑，分别躲在隐蔽处，忠心耿耿地做保镖。荡秋千时，女儿险些翻下吊椅，饶是同伴手快扶住了她，脑袋似乎还是被磕了一下。我当时几乎要挺身而出，但最后还是忍住了，因为女儿只摸了摸头，又快乐地荡起来，开心都来不及，哪有时间哭。

他们在人群里悠闲地逛了会儿，又去看月季花。花圃边的长椅上，一个坏脾气的小妹妹不理会妈妈的劝阻，揪下自己的鞋子扔进草坪。他们帮忙拾回来，小妹妹觉得有趣，立即停止哭闹，一遍一遍扔鞋，他们也当作开心的游戏，争先恐后去拾。旁边有个老太太竖起大拇指："三兄妹好和睦，相亲相爱的一家子。"我窃笑：这是相亲相爱的陌生人啊！

三

黄昏时，两个小人儿挥手告别，各自回家，我们两位家长也暗暗点头告辞。这时，空荡荡的路上，忽然走过一个年轻男子，身材高大，语调温和。他与女儿攀谈起来，问她几岁了，家住哪里，上小学还是幼儿园。女儿毫无戒备，一一告知，并且连家中电话也顺口背出。我心中不安，靠近两步，随时准备现身。

那男子又问女儿，为何单独走路，爸妈在哪里？女儿对答如流，说在跟爸爸妈妈捉迷藏呢，他们可能就躲在前面的树丛里。我又惊又喜，这理由简直妙不可言。此时，陌生人从背包里掏出一把玲珑的小红伞，向女儿比比画画，我心咚咚跳，叫自己沉住气。看见女儿摇头拒绝，我暗暗为孩子喝彩，好样的！

那人硬是将小伞塞入女儿手中，两人开始拉扯推让，我还未出声，一名推婴儿车的女子已气喘吁吁跑过来，挡在女儿前面，质问那人意欲何为。年轻人大窘，举起小伞叫我们看，上面印着广告，有家新开张的甜品店儿童节大酬宾。他解释，因为看小女孩儿实在可爱，忍不住多聊了几句，又特别想送她这把小伞，所以才造成一场误会。

女儿对尴尬的年轻人说："叔叔，我想要两把小伞。"我颇为疑惑，年轻人开心相赠，还给婴儿车上也插了一把。我心里暗自决定，下周就带全家人去这家店吃甜品。女儿看着熟睡的婴儿，惊喜地说：“这是扔鞋的小妹妹。”女子也认出女儿，感慨道：“真是有缘。”

到家后，我崇拜地问女儿，为何能这么聪明地应对陌生人。女儿骄傲地说，在幼儿园老师经常讲，还请警察叔叔在课堂上演练，她做得最好啦。但我仍有疑惑：“那你为什么把住址和电话都告诉他了？”女儿得意地笑道：“我说的是舅舅家的。”全家人哄然大笑，有这么一个外甥女，舅舅不知该哭还是该笑。

我忽然想起一件事，问女儿：“你为什么要两把小伞？”她回答：“昨天转来一个新同学，叫黄丝丝，一整天都想哭不敢哭的样子，不说话也不玩。我送一把小伞给她，说不定明天她就会笑。”

我的心忽然柔软，无论世界是大是小，善意总能让陌生人变得熟悉而亲切，也能将异乡风雪变作故乡梅花，使人踏着荆棘不觉得苦，有泪可流，却不是悲凉。孩子，往往比我们更勇敢。

女儿的厨艺

〔新加坡〕尤今

此刻，在我眼里，女儿就像一尾悠游于大海里的鱼，自在、熟练、胸有成竹。

她轻车熟路地领着我，来到了伦敦的鲜鱼店，身材胖胖圆圆的中年老板亲切地与她寒暄："好一阵子没来了，在忙些什么呀？"女儿答道："到菲律宾公干呀！"胖子调侃："今天一定是闻到鱼的鲜香才赶来的，是吗？"女儿笑道："是呀，别人有千里眼，我有千里鼻呢！"胖子又问："你是不是要做刺身和寿司呢？"女儿说："对！麻烦你给我 1 公斤三文鱼、1 公斤金枪鱼、20 颗特大的鲜带子。"

手拎那带着海洋气息的海鲜，她先赶往农贸市场，买瓜果蔬菜，又到超市去买了上好的牛柳和葡萄酒，然后回家。

她一边动作麻利地处理食材，一边高声宣布当晚 6 人共餐的菜单："开胃品是带子沙拉；主食有 3 道——三文鱼刺身、彩虹寿司、日式牛柳；甜品是奶酪蛋糕、草莓雪糕。”

我们“哇哇”连声惊叫，每一次叫声都裹着浓浓的笑意与满满的期待。

她不让我们帮忙，独自撑起一片天。我站在一旁，饶有兴味地看着。在她童年与少年时代，我在厨艺上对她刻意的熏陶与训练，今日在异国他乡的伦敦，终于结出了美丽的果实。

我常常告诉她，烹饪是家里的一件大事。我们要吃得好，但是，我们也不要把过多的时间挥霍在柴米油盐上。和做其他任何事情一样，如能将烹饪运筹帷幄，也能事半功倍。现在看来，她“一心多用”的行事方式，已经完全得到了我的真传。

她将三文鱼、金枪鱼、牛油果、黄瓜、芦笋、胡萝卜等分别切块、切片、切丝。准备好了，便将煮好的米饭均匀地压在紫菜上，加入鲜鱼和其他配料，用竹片卷成寿司。每卷寿司均匀地切成 8 段，在盘子里摆成放射状，宛若一圈璀璨亮丽的彩虹。

接着，她把牛柳用酱料腌了，搁置一旁；快刀把蒜头切成薄片，用慢火在油里煎成金黄色。然后，细心地根据各人的要求，把牛柳分别煎成五分熟、八分熟和全熟。煎好了，便把金光发亮的蒜片撒在上面。

她那种比专业厨师更用心、更严谨的态度，着实令我赞叹不已！

新鲜带子要煎得恰到好处，是一大挑战，可这居然也难不倒她。只见她用纸把丰腴肥美的带子弄干，在热锅里放了牛油，信心满满地说：“每一面只要煎 1 分钟左右，便恰到好处。”柔嫩诱人的带子和淋上特殊酱料的新鲜菜蔬搭配得天衣无缝。

餐毕，看着大家脸上的惬意和满足，她突然转头对我说道：“妈妈，谢谢您。”我微笑地搂了搂她。知女莫若母，我清楚地知道，她向我道谢，是因为我在她懵懂无知的成长期，便教会了她领略烹饪的美妙，也教会了她掌握烹饪的技巧。

烹饪，绝对不是枯燥无味的杂务琐事，它既是实用的技能，也是快乐的源泉。当年，在女儿满月后，我便把婴儿摇篮带进厨房，刻意培养她敏锐的嗅觉。女儿刚满 3 岁，我便让她站在高高的凳子上，煎鸡蛋、烙马铃薯饼。训练的难度，随着年龄的增长而渐次提升。由于我常常寓教于乐，把笑声镶嵌进烹饪里，所以，女儿一直非常享受烹饪。到她 18 岁负笈英国时，已能做得一手好菜了。

如今，独自在伦敦生活，不管工作多忙，她绝不亏待自己的胃囊。她能在短短的半个小时内，煮出让自己的味蕾惊艳的食物。

劳逸结合，人生因此而变得更为圆满、更为美好。

只跟你分开一次

李月亮

一

蛋蛋：

我和你爸爸恋爱 5 年，结婚 5 年。很遗憾，在你 3 岁时，我们离婚了。

在决定离婚的那一刻，我就知道你将成为我生命里一个巨大的伤口，会让我哭，让我疼。只是那时候，我以为我熬得住。

可是离婚不到 1 个月，奶奶就把你带去厦门老家了。我要去看你，得飞 3000 公里。这距离太远，远得我已经快 7 个月没见到你。

7 个月，对于此前一天都没有分开过的我和你，是无法想象的漫长。

二

这些日子我时常出现幻觉：做饭时，会听到客厅里有你玩玩具的响动；路过洗手间，就感觉你正蜷成小小的一团坐在马桶上吭哧吭哧地拉屉屉；在楼道里看到零食袋子，我马上会推想是不是你回来找过我……

这两百多个夜晚，每天我都需要安眠药的辅助才能入睡。

蛋蛋，妈妈不是懦弱的人，离婚后这大半年来，妈妈一直在努力让自己开心，努力开始新生活，很多事情妈妈都做到了。妈妈只是，很久不见你，十分想念你。

上个月同事去厦门出差，答应我抽时间去看你。我对她千恩万谢，然后转了十几家玩具店，给你买了套正版的维尼乐园模型。

后来同事回来，说礼物送到了，你很喜欢。我的心快跳出那栋楼了，问她你怎么样。她笑嘻嘻地说："很黑，很胖，像个小土匪。"我也笑了，笑着笑着眼泪就止不住了。

我给你爸爸发短信，拜托他，你若回来，无论如何要让我见见。他答应了。

三

昨天妈妈又去相亲了，是个很不错的叔叔，年轻、阳光、爽利。我在星巴克听他谈了一下午星座和豪车，虽然隐隐觉得有些不对劲，但我保持着足够的耐心。谈话快结束时，我看见有个小孩儿站在窗外好奇地往里看。我小心翼翼地告诉那个叔叔，你差不多也这么大。他一愣，眼神里透出些警惕和茫然。

我心里那点儿不对劲渐渐清晰并放大了。是的，他还年轻，不懂对一个妈妈来说，把孩子丢出去意味着什么。那是一道永远不会愈合的伤口，随时刺痛，随时溃烂，随时在心里泪雨滂沱。

这些日子我见了好些人，面对他们，我总显得挑剔和戒备，怕他们对我不好，怕他们对你不好，潜意识里总把对方当成对手，而不是伙伴，怎么也找不到当年和你爸爸恋爱的感觉。

四

终于，在 222 天的分离之后，我等来了这一年最大的好消息：你回来了。

你爸爸让我去游乐场见你时，我只觉得浑身的血液都噌噌地往头上涌。

你正站在滑梯顶上准备往下滑，看到我，有一瞬间的愣神，仿佛面对最熟悉的陌生人。

大概 1 分钟后，你终于找到了见妈妈的感觉，你开心起来，极度开心，趴在我身上又啃又咬。

其实我很想像外国人那样告诉你，爸爸和妈妈只是分开生活了，你只是多了一个家，以后还会有另一个爸爸和另一个妈妈，我们都会很爱你。

可是说实话，这番话连我自己都骗不了，这不符合中国国情。老人的教育、邻居的评说、同学和老师的眼光，总会将你围困在一种不寻常的氛围里。

我真是欠你太多了，而且这亏欠永远无法弥补。

这一点，离婚时我是想到了的，只是面对奶奶的苛刻、刁钻，面对爸爸的懒散、冷漠，在那种拿着菜刀砍电线，一路火花带闪电的日子里，我丧失了继续下去的勇气。

五

我回到家，一进门就向姥姥汇报：“我见到蛋蛋了。”不出意料，姥姥的眼睛立即瞪得溜圆，而且半天都没复原。

我心里很酸。她是姥姥，她怎么能不想你！这3年里她给你缝过多少次被子，擦过多少次屁股，你脸上长一个小红点，她就担心得一晚上睡不着。

她只是不说，她以为她不说，我的日子就能好过点儿。

我详细描述了你的现状，从衣服的款式、质地，到头发和指甲的长度，说了很久，姥姥还是觉得不过瘾，最后终于有点儿不好意思地鼓起勇气说：“能不能明天让蛋蛋上这边待一天？一上午也行。”

怀着豁出去、大不了被拒绝的想法，我给你爸爸打了电话。他犹豫了一下说：“我试试吧。”我知道，他是怕奶奶不同意。

那一晚，安眠药又失效了。我听见姥姥每隔十几分钟就去一趟卫生间，内心无比忐忑。第二天早上，我们如常起床，整理房间，吃早饭，但是谁都没敢提起你。

终于，你爸爸来电话，让我下楼接你。我狂喜地跑下楼，由衷地向你爸爸道谢。抱过你，比捡到金条还开心。

你好久没来姥姥家，像回了花果山的孙悟空，如鱼得水，活蹦乱跳。姥姥和你亲不够，腻歪了一上午，到中午炒菜时，头还向客厅扭着，看着你。

吃饭时她说，真要谢谢你爸爸把你送回来，其实他是个好人。

我也承认你爸爸是好人，当时嫁给他，也是相中他厚道。只是，对于一桩婚姻来说，仅仅厚道是不够的。他还需要善于处理媳妇和妈的关系，懂得承担男人的家庭责任，学会沟通和及时化解各种矛盾。

陈芝麻烂谷子的事被翻起来，姥姥又批评了我，说我脾气不好，对小事情太较真。这点我也承认。离婚后我从没停止过反省，我知道这场婚姻的失败，不是你爸爸一个人的错。

傍晚，我把你交还给你爸爸时，发现他在车里睡觉。原来他根本就没走，在这里等了一天。

经过慎重斟酌，我决定找奶奶谈一次，请求她不要再带你去厦门了。如果她只是生我的气，真的没必要以折腾你的方式来惩罚我。

奶奶的态度超乎我的意料。她说，这大半年你整天闹着要妈妈，你爸爸也总唉声叹气，她看着心里真难受。在这场婚姻里，她是第一次当婆婆，我是第一次当媳妇，都没经验，都有不周到的地方，要是我愿意，她希望我们还能重新回到一起，总结经验教训，好好过日子。

我很震惊，复合的事我不是没想过，但怎么想，都觉得那完全不可能。

当然，我也很开心，因为奶奶答应不再带你走。

我张罗着给你找了最好的幼儿园。报到那天我和你爸爸都去了，填家长信息时，我犹豫了一下，把爸爸妈妈的名字都写了上去。我不愿让幼儿园的老师和小朋友知道，你的家只剩下一半。

回去的路上，你在我怀里睡着了，你爸爸一边开车一边装作漫不经心地问我，有没有找到更好的。我说，这次我想找个差点儿的，丑点儿穷点儿没关系，只要知冷知热知道疼人，不会居高自傲地在家里当爷就行。

你爸爸沉默了一会儿，说："我以前确实做得不够好，没承担起男人的责任，可能还是年轻，不知道怎么过日子……要不你给我个机会，看看我的悔罪表现？"

我的眼圈一下子红了，一低头，眼泪就掉在了你熟睡的小脸上。

其实我一直都知道，能让我们幸福最大化的模式，就是我们三个在一起。只是面对人生里的第一次婚姻，我和你爸爸都太理想化，都对对方期望太高，总一味地去要求，去索取，不懂得感恩和知足、隐忍和退让，于是让微小的矛盾扩大，让假想的猜忌成真，然后在鸡飞狗跳的日子里崩溃，以为再也过不下去。

而当我们都停下来，在更大的疼痛里重新选择、重新思考的时候，才发现世界的真实和自己的荒谬。

感谢这疼痛，它让我们知道曾经拥有的是什么。万幸，我们还有机会回头。

亲爱的蛋蛋，好好睡吧，我们马上就要到家了。

爱你的妈妈

父与子，在路上

青衣佐刀

12 岁到 18 岁，对一个少年来说，是其人格发育最关键的时期。这一阶段，我持续关注着儿子陈天成的成长。我不望子成龙，也从未有过要为儿子规划人生的想法，更不强迫他去做自己不喜欢做的事，但我还是想在这个阶段能为他做些什么。

2012 年川藏线骑行

在他还很小的时候，我就想过要来一次川藏线骑行，后来考虑到高原路途的艰难和缺氧会伤害他，最终放弃了。转眼到 2012 年暑假，儿子 14 岁了，看着他 1.76 米的个头，我觉得该出发了。

当我们在川藏线骑行 3 天后，几十公里的艰难上坡让我原本拉伤的半月板终于碎裂，右膝关节内侧疼痛难忍，之所以还能坚持下来，其实，也是做给儿子看的。否则，我早早就会放弃，而不必用冒着一条腿残废的风险来做此行的赌注。

那次骑行，我们有3个约定：第一，整个过程的食宿、线路安排都由儿子定，我只做顾问；第二，整个过程必须骑，再累都不能推着走；第三，骑到拉萨后，将我的稿酬和儿子的部分压岁钱，捐给西藏道布龙村完小的孩子们。

第一条约定是想培养孩子的综合素质，第二条是想让孩子经历磨难，培养他坚韧不拔的精神，第三条则是想在孩子的心里种下一颗爱与分享的种子。那个夏天，我与儿子并肩骑行了22天，经历了各种危险、磨难，也欣赏了沿途无数美丽的风景。其间，有争吵，但更多的是彼此的关心和鼓励，还有快乐和感动。

在拉萨只休整了1天，我们就坐上一辆中巴，晃晃荡荡地去了浪卡子县。在完成了捐助后，中午，我俩在路边的一家小餐馆点了两菜一汤，我可以清楚地看到空气中、阳光里飘浮的尘埃。那一刻我的心里，竟产生了一种从未有过的充盈、愉悦、温暖、自由和满足的感觉，我明白了，帮助他人其实就是在救赎自己。

2013年徒步尼泊尔

2013年暑假，我俩去尼泊尔围绕海拔8091米、世界第10高峰的安纳普尔纳雪山重装徒步了14天，每天行程几十公里，到过的最高山口海拔为5800米。

这次旅程的起因可以追溯到儿子小学二年级时的一个夜晚。那时，我想让儿子参加英语课外辅导班的学习，开始他并没有同意。过了几天，我换了个角度对他说："老爸一直有个梦想，想去尼泊尔徒步，可是老爸英语很差，一直不敢出去。如果你能学好英语，等你初三毕业后，我们一起去尼泊尔徒步，你做老爸的翻译，好不好？"孩子想了想，答应了下来。

所以 2012 年我俩在川藏线骑行途中，就已经计划好了这次旅行的方法和目标：重装，不请背夫，所有的一切交给儿子去做。一是锻炼他的综合能力，二是锻炼他的交际、处事和口头表达能力。

环安纳普尔纳雪山线路，原本 21 天的行程，我计划压缩到 14 天内完成。于是，我们每天都要赶很长的路，而且要背 30 多斤的装备。第三天，儿子已经有些崩溃了，途中他对我说："老爸，太累了，我走不动了，我真想回家看书。"

攀登那个 5800 米的山口时，两天的路并成了一天，这让我们走得极其受挫。途中突然起了风雪，天色急速黯淡下来。最后 200 米的上坡路，我站在高处，看着儿子走两步歇一下的样子，心疼极了。我差点儿准备下去帮他背包，可最终还是忍住了，只是在风雪中不断为他加油。后来，他上来时，嘴唇已经被冻紫，还低声对我嘟囔道："老爸，对不起，我实在走不动了。"我却感动得大声叫道："儿子，你太棒了！"

最后一天，因为天热，又加上一路遭受蚂蟥的袭扰，使我很恼火。晚上回到客栈后被告知，没有事先说好的热水可供洗澡，我的火"噌"的一下就蹿了上来。我冲着伙计大吼起来，围拢在门口看热闹的人越来越多，老板也来了，儿子站在门口不断向外面的人解释、道歉。

等围观的人散去，儿子一字一句地对我说："老爸，你今天根本不像我的老爸，你让我看不起。如果你真是这么想别人的，就说明你才是那样的人。我不屑再和你一起走了，今天晚上，要么我走，要么你走。"他说得斩钉截铁，眼泛泪花。

那一刻，我羞愧无比。我立马认错，对儿子说："儿子，对不起，是我不对，请你原谅。我下次再也不这样说话了，好不好？别让我离开就行。"

儿子想了想，沉默着径直走到床边，和衣面朝里躺下。尽管那晚他没再理我，我却因为拥有了一份从未有过的自豪感而窃喜。

2014 年攀登雀儿山

2014 年的暑假，我们一起攀登海拔 6168 米的雀儿山。在 1 号营地，他因为过长时间地穿着漏水的登山鞋，被冻感冒了，晚上开始发高烧。翌日，当我们到达 2 号营地时，他已经烧到 40 度，血氧含量最低时只有 40 多，躺下后便开始说胡话。后来吃了药，全身出汗，将羽绒睡袋都弄潮了。早晨醒来，我问他是否还能继续攀登，他说："老爸，没事。"

第三天，从 2 号营地到 3 号营地要攀上一个约 100 米高的雪壁，当他攀登到 3/4 处时，本来松软的只有四五十度的雪坡陡然变成了将近 70 度的坚硬的雪壁。在此之前，他只参加过在 1 号营地里进行的不到 1 小时的攀冰训练，所以，那天我一直与他并肩攀登。攀登时，我注意到他每次踢冰时都极其费力，有几次差点儿滑坠。终于，他崩溃了，我看见他双手吊着冰镐，双膝跪靠在雪壁上，转过头，用一种近乎绝望的口吻对我说："老爸，我不行了，我肯定上不去了。"

那天，我最担心的就是他说出这样的话。那一刻，我的心里突然冒出一丝从未有过的恐惧。我提醒自己要镇定，想了想，最终做出一个决定，我大声对他说："陈天成，这时候，谁也救不了你，你只能靠自己了。"接着，我又补充了一句，"你试着用法式的方法攀登，借助上升器。"说完，我硬着心肠，头也不回地向上攀登而去——我不能留给他一点儿有可能得到帮助的想象空间。

最终，儿子成功了。我们到达顶峰时，风雪很急，我看到他的脸被冰块划破了十几道口子，嘴唇也被冻得乌紫，我很心疼，也很欣慰。

后来，攻项下撤快到1号营地时，儿子突然对我说："老爸，这次真的感激你，如果没有你，我绝对上不去。"这是他第一次对我说"感激"两个字，那一刻，我觉得这些年的付出都值了。

人生的成功必须靠自己的努力，我所能做的就是尽量为他打开一扇窗，这很重要，因为窗里窗外，是两个境界。

老大的委屈

蔷薇留香

家里的老大，总要承担一些弟弟妹妹不用承担的责任。小时候，我得在家照顾弟弟，带着他玩，他跟在我后面跑不快又爱摔跤，摔了跤还爱哭。他一哭我妈就教训我，所以我不喜欢带着他玩。

弟弟两岁时，我8岁。有一次，他在阳台上玩，自己摔了一跤，摔得头破血流，我吓得全身僵硬。可当时爸爸、妈妈都不在家，我只得硬着头皮带他去敲隔壁邻居家的门，却没有人愿意帮我们。看着弟弟满脸是血，我整颗心都快蹦出来了。我决定，带着弟弟去菜市场找妈妈。一路上，我们都是别人眼中的观赏物，却没能得到任何帮助。奇怪的是，那时候我和弟弟都没有哭。我们一路上手拉着手，挨着摊子一个个找过去，在路口终于找到了我妈。我一看见我妈，眼泪就涌了上来，弟弟也放声大哭，眼泪混合着血水，那情形要多吓人有多吓人。

妈妈问我怎么回事，我说他摔了一跤，话音未落，我妈就直接给了我一耳光："让你看一下弟弟也看不好，你还有什么用，都这么大了！"这一记耳光打回了我的眼泪，这句话我也记了很多年。在日后叛逆的年纪里，我曾无数次地用这句话来刺激我妈。

后来我妈抱着弟弟去了医院，她把买的菜交给我，让我直接回家。我抱着菜，惴惴不安地到了家。天渐渐黑了下来，家里只有我一个人，我看着阳台外的天空就像在面对一头猛兽，绝望和孤独包裹着我。那时候我的感觉非常敏锐，隔壁的关门声、楼下的吆喝声、楼上的脚步声、空气里的饭菜香。最难熬的是，深深的自责和恐惧——我没照顾好弟弟，让他受伤，我非常伤心。电视里演的死亡那么真切，我害怕失去他。

我把家里的灯全部打开，双手紧握坐在床上。我清楚地感觉到牙齿在打架，发出清脆的碰触声，双手双脚在颤抖，全身发冷。我穿上一件厚棉衣，又裹上被子，眼睛死死地盯住门口，一点儿细微的声音都让我紧张。我既希望妈妈带着活蹦乱跳的弟弟回家，又害怕她再打我；我既希望爸爸回来，又害怕他骂我。从下午 5 点一直到晚上 9 点，我一个人待在家里。

我在家里把米淘好，开始煮饭，火烧起来之后我就一直坐在煤气炉边发呆。当我听到怯怯的一声"姐姐"时，我的手脚一下子就软了。

我觉得这么多年之所以一直清楚地记得这件事，就是因为当年没有哭出来，每一次看到爸妈想哭的时候，他们的注意力很快就转移到弟弟身上了。没有人关心我是怎么想的；没有人关心一个 8 岁的孩子在见到弟弟满脸是血时心里的恐惧和自责；更没有人关心从下午 5 点到晚上 9 点，我是如何一个人度过的。如果当时他们能抱一抱我，听我说说心里的恐惧和委屈，也许我不会记恨这么多年。

这件事一直藏在我心里，致使我和弟弟之间摩擦不断，彼此伤痕累累。记得有一次我俩打架，我爸终于忍无可忍，对我俩大喊："等我和你妈哪天病了、死了，你们姐弟俩还能相互照顾，看看别的独生子女，有什么事连个可以商量的人都没有。再吵，就都滚出去！"从那之后，我再也没对弟弟动过手。我觉得：第一，我爸说得很对，有个弟弟绝对比没有弟弟好。生活中总会遇到一些难关，一个人面对时很痛苦，两个人便会有勇气。第二，我惊讶地发现这小子长高了，力气变大了，再打一架我可能赢不了，不如索性见好就收。

老大心里的委屈早晚会被时间抹平，不好的东西会被带走，留下的是一个帅气、正直、疼我的弟弟，这笔交易值得。